削鉛筆

Sharpen a Pencil

A novel by

郭宗倫

Chung-Lun Kuo

In which a student, who discovered herself while on a river adventure, unraveled the mystery of her past.

三部曲之二部曲

Episode Two of Trilogy

目次

推薦序〉「削鉛筆」的溫度書寫

文／吳光庭（清華大學通識教育中心教授）

「削鉛筆」……應該是電腦中文輸入法普及之前，每一位國民成長過程中所熟練的基本技能。

記得上小學時，老師每天早上會檢查鉛筆盒中的基本文具是否齊備、及鉛筆削尖了沒？鉛筆盒中三枝黃色利百代六角皮頭HB鉛筆、一只十五公分的塑膠尺、一支大部分功用為削鉛筆的手牌小刀、及一只橡皮擦，這些文具伴我度過了小學的學習生活。

沒想到，「削鉛筆」有一天竟成為念大學建築系的必要技能，鉛筆因此轉換成為建築設計繪圖專用的工程筆（鉛筆蕊），對鉛筆各項特性的要求也更加專業了。

因為繪圖所需，工程筆須常保持筆尖尖銳，以利繪製線條粗細及濃淡層次分明的建築圖，因此鉛筆不須要「削」、而是要「磨」。每個學生的繪圖桌邊都掛著一只德國製的磨蕊器，一時之間，覺得自己真有那麼一絲專業感了，也增添了一份莫名的專業氣質。

削或磨鉛筆畫建築圖如今雖已成過去式，但對照本書中故事的時間點一九九四年，鉛筆的使用仍處於過渡期。使用鉛筆繪圖的人，通常是建築系中很有sense的學生，他們執著於有溫度的「手作」建築職人的角色想像，而不喜作一個冷冰冰的電腦繪圖員。

然而，在今日電腦繪圖系統已成絕對性主流之際，作者卻將「削鉛筆」取為書名。當我讀完全文，總覺得郭宗倫的「削鉛筆」是一種隱喻，似乎隱喻著書中主角略帶苦澀的青春及成長抉擇中所遇之煩惱，似需以尋求原點的思考方式方得釐清，將「如霧般的」自然狀態為構想轉換成建築設計的呈現，是記錄思考所必須面對的內心深層為建築設計成果的完美與否掙扎所需的時間及空間，而這正是「鉛筆」最擅長的繪圖表現方式。

推薦序〉小說作為一種事物的狀態

文／耿一偉（知名策展人、臺北藝術大學戲劇學系兼任助理教授）

繼二〇〇五年的《康乃爾事件》後，郭宗倫在十七年後終於推出他三部曲的第二部《削鉛筆》。這部小說與上一部作品類似，著墨在女性之間的細緻感情關係，而建築依舊構成了故事的事件背景。

我留意到小說中提到了「事物的狀態」這個詞有兩次。第一次提到時，作者描述：「我在電影圖書館看了溫德斯的《事物的狀態》，這部電影感覺上不是那種單純知性分析的作品，而是呈現一種感受性的東西，雖然很難用言語去形容。」這段文字似乎也可以用來形容我對《削鉛筆》的看法，整篇小說的重點，不在於戲劇性衝突的故事推進，而是閱讀過程中逐漸形成對世界的一種細緻感受。

《削鉛筆》的基本架構，是在波士頓建築事務所上班的「我」，於二〇〇二年在一場派對上巧遇了芸。芸對「我」說了一個故事。作者並沒有直接讓讀者聽到芸說了什麼。但是喜歡寫作的「我」，在聽了芸的訴說後，用他的想像對芸的故事再度加工，書寫了一篇小說。這篇小說中的小說，就構成了《削鉛筆》的主幹。透過「我」的二度加工，芸與靜這兩位就讀建築設計的好友，在一九九四年大學期間的校園生活，以及她們對感情及生命的思考，逐漸開展在讀者面前。

讀者會發現，在閱讀的過程中，敘事角度會不斷變化，特別是作者對第一人稱的使用，讓讀者游離在第一層的敘事者「我」、以及第二層的「靜」及關心靜的男大學生之間。這樣的設計，不免會在閱讀的過程中，產生某種主體的混淆。這種混淆的效果，加上故事中充滿大量對過往的追憶，帶領我們進入某種意識流動的狀態。

在第二次出現「事物的狀態」這個詞時，提到「事物的狀態有時是固定的，有時在轉化。它往哪一方面移動，以及背後的動力是什麼？我並沒有答案。」這段話同樣註解了整部小說在內容的不斷變化，敘事不只是停留在角色之間，有時也會轉化成對台灣歷史與空間的觀察。所以，那個背後的動力來源是什麼？

《削鉛筆》的故事主要發生在一九九四年，那時網路尚未占據我們的生活，情感交流沒有辦法透過社交媒體表態，只能在面對面的當下，透過行動與同理心去體會。現在已經很少人有削鉛筆的經驗了，都是用手指在鍵盤或螢幕上打字。但削鉛筆是一種儀式，如同小說寫作也是一種儀式。郭宗倫召喚讀者回到那個人們願意細心觀察事物的狀態的年代，而《削鉛筆》是他的方法。

《削鉛筆》

靜（一個就讀於淡水某大學設計學院二年級的學生）和芸（一年級學生）之間的故事。

一個淡水河一九九四年的故事。

靜和芸在八年後，分別在不同地點建立她們不同的人生，靜成為攝影家，而芸成為鋼琴演奏家。

她們有機會在八年後相遇嗎？

第1章

天空的雲

那是二〇〇二年的夏天，我在Boston的一場畢業party遇見她。會去參加那場party是我在這裡的好友帶我去的，正確的講法應是被拖去，每當我推說事情忙，他總是會半強迫的說，「多認識點朋友吧。說不定會遇到有趣的人喔！」不管如何，最後我總是屈服。

這是一個在湖邊的BBQ餐會，來的人都是Boston某著名大學設計學院的畢業生。她坐在靠湖邊的桌子，頭髮短短的，削成幾個層次，穿著藍色窄裙、POLO休閒服，當別人忙著BBQ的準備時，她似乎不匆不忙，仍然坐在那邊。說也奇怪，她似乎是有種神奇魔力，讓別人往她那邊靠攏。

她是大家公認的漂亮女孩，眼神總是讓人覺得充滿精力。不疾不徐的走路方式，讓人覺得很有自信，周遭總有一堆男生圍在她旁邊，找話題和她攀談。她像是以「從容不迫」的方式處理好她的人際關係，大家似乎對她的評價也很高，像是稱讚她聰明、有天分，即使偶爾顯露不耐煩的傲慢，也可以被解釋為藝術家的氣質。

我跟這裡的學生圈基本上是不熟的，已經三十二歲的單身男子，因工作關係單獨到一個陌生的城市上班。周遭所接觸的人，大多是專業人士，每天的談話內容，大部分也圍著專業領域打轉。有時試著打電話給認識的人，大家似乎也很忙。偶爾會出席一些聚會，大部分是家庭聚會、吃飯應酬，談談家庭、小孩、買房子，我總是安靜聆聽的那個人。常常覺得他們的世界和我沒有太多關聯。

一個月後，我在一家鋼琴酒吧再次遇到她，她正在彈鋼琴，好像是蕭邦的前奏曲。演奏完畢，她好像發現我了，熟練的從吧檯拿了二個空的玻璃杯和一瓶 Glenlivet 走過來。

「好久不見，你怎麼在這裡？」她坐下來幫我倒杯酒。我簡單的回答著因為剛完成一個 presentation，過來這裡坐坐。

「妳呢？鋼琴彈得不錯，在這裡上班嗎？」

「嗯，只是讓自己再體會一下彈鋼琴的感覺。我最後一學期沒修太多課，而現在還在找工作，剛好這家店的老闆和我姐姐有些熟，所以我就來看看。」

她一邊啜飲著她的酒，一邊問問我最近上班上得如何。黑色的連身絲質洋裝，配上銅環皮帶，仍然是一樣精力充沛的眼神。

「聽說你正在從事文字創作，最近有沒有新作發表的計畫？」

我正設法對她解釋我並不是什麼專業作家，我在這社會的正確位置是「建築設計從業人員」；寫作只是我業餘的嗜好，是我在大學時代的興趣。她笑一笑問為什麼是「建築設計從業人員」、而不是「建築師」？我簡單回答，「還沒考上執照的設計師，是不能叫建築師的，這是專業上的定義。」

「你的寫作形式是小說、劇本或詩呢？」

「劇本，我想是比較合乎目前的寫作型態。」我有些好奇她為什麼想知道這些呢？

「我個人希望可以跟你談談我自己的事，不過有些平凡，希望你不要太在意。」

事實上我有些驚訝，根據個人經驗，在大部分聊天的情況，能表達或是告訴別人自己故事的人不太多，尤其是面對陌生不熟悉的人。

「不會的，故事有不有趣是一種了解和認知的問題。大部分人的生活都是平凡、普通的，並不是精彩的故事就合乎『真實』。不過，如果這是真實的故事，就難免牽涉到個人隱私的問題，妳不在意嗎？」

她搖搖頭笑著說，「不會吧！有時候事情說出來可能會比較好嘛！」

「它可能會變成文字、出版或任何形式的演出喔！」

事實上，我並不確定要把她跟我說的故事寫出來，我也不知道最後的形式是什麼，它可能就像大部分我聽過的故事，結局只是一種紀錄，如同記憶或沈澱的東西，停留在我的腦海裡。

她叫服務生來，點了一盤豆莢，優雅點起她今晚的第一支煙。

故事是距今八年前的事。

「學校的故事？」我問。她回答：「是的，是我和一個好朋友大學時代的事。」

我小心的問，「妳那位朋友還在嗎？」

「她現在住在台東的海邊，聽說是攝影家，不過我們很久沒聯絡了。」

「我該怎麼稱呼妳呢？」

「叫我芸。」好別緻的名字。「不是天空的雲，是有草字頭的芸。」

她笑笑的說。她的微笑使我聯想到一種春天草原上陽光燦爛的氣質……

回到家，因酒喝太多而頭痛，我很快就睡了。

現實生活的工作忙碌，並無法讓我有太多時間去思考芸在鋼琴酒吧跟我的對話。

幾天後，剛好交完圖有點時間。拿起稿紙，想到芸在酒吧談話中提到一個關心她好友的大學男生。

芸雖沒說得很清楚這個大學男生和她朋友的關係，描述的事實也很片段，但或許可作為我寫作的原料。

第2章

平行線

Dear 靜：

靜，收信愉快，妳可有發現我寄信的地址變了，不是公館羅斯福路那間房子。我現在住在距離學校一水之隔的台北縣永和市，房租大概便宜兩千塊。我現在是騎摩托車上學。

我的90cc偉士牌機車前陣子壞掉了，到修車行問了一下，大概要花六千塊才能修好，實在太貴了。所以我和媽媽借了一萬塊要車行「拼裝」一台新的摩托車，是125cc的「新」偉士牌，後面的座位比上一台稍微大一些，坐墊後面加了一支U字形把手。我同學問為什麼要加那支把手，因為如果沒有的話，載的女生才會往前傾，這樣才能有較多機會和她們有身體上的接觸。

他們的問題真是不可思議，我不知道該如何回答這個問題，只是淡淡的說，「讓我認識的女生有多一點選擇」。結果我那些騎追風的同學用一種不可思議的眼光看著我，意思是「難怪你交不到女朋友」。不過也不能怪他們，世上似乎存在一種規則像是「如何交男女朋友」，例如喝咖啡、吃飯、送禮物、看電影，然後看有沒有機會更進一步等等。

這規則不斷在世界上循環上演，好像大家都必須這樣做，才符合「人生的行動規範」。

我現在住的地方是在四層樓雙併公寓的三樓，是在一條巷子裡。打開樓下大門後，在小小樓梯間，常常會看到散落一地、無人撿起來的廣告信件；樓梯間的燈，永遠是少了燈罩，就算有燈罩，也是蒙著一層灰塵。這是一個沒有管理員的公寓。

早上起來，總要花一點時間想想，到底我把摩托車停在哪裡；尤其是晚上如果回來太晚的話，總是要停到滿遠的地方。永和是個每條巷子看起來都一樣的城市。

前幾天去逛書店，買了幾本有關法國新浪潮導演楚浮、高達的自傳。上個月，我在電影圖書館看了溫德斯的《事物的狀態》，這部電影感覺上不是那種單純知性分析的作品，而是呈現一種感受性的東西，雖然很難用言語去形容。

這次我決定繞到有關建築的書架去逛逛，不知道是純粹好奇，或是我想對妳的生活有多一點的了解。我買了一本妳上次提到的 Le Corbusier（柯比意）的《邁向新建築》。其中他提到「建築五點」，是滿有意思的。

日子一天天的過，我依舊早上十點起床、刮鬍子；每天早上仍在舟山路忙著找停車位，上課仍然會遲到。每次當我出現在男七宿舍時，像是一種訊號，提醒同學期末考快到了，因為我的確是來借筆記的。

念工學院，只是考試制度上的分數分配加上比較。背著家庭的期望是很痛苦的，不知我何時有那種動力去掙脫。

我喜歡讀小說、看看電影，沒有別的原因，就是喜歡。今天早上起床時頭有些痛，有些昏昏的，可能是因為前幾天為了期中考熬夜。

我的白長壽在半夜三點抽完。三點半時，我騎著摩托車去找朋友要了二根，才撐到現在。抽了第一根煙，才想起，昨天媽媽打電話叮嚀要我戒煙的事。一切都是太遲。

妳記不記得我們去西門町萬年百貨挑玩具時，妳看上一隻叫「恐龍」的填充娃娃，我嫌它有點醜，但看妳手握著不放，我和妳講話時，妳好像都沒有專心在聽。

還記得看完玩具後去吃冰的事嗎？那時是冬天，妳有些發抖，把手放進我的灰色大衣口袋。妳的眼睛還是一樣清澈而明亮的看著我，我跟妳開玩笑說，「叫妳不要吃冰，現在是冬天啊！」妳笑著回答，「人家就是喜歡在冬天吃冰，不可以嗎？」

我可以感覺到妳身體的發抖和冰冷的手，當時坐在我的偉士牌機車往淡水回去的路途中，經過中山北路，讓我聯想起無數次我們在這條路散步的夜晚，寂靜的街道一閃一閃的紅綠燈，和散落在人行道上的樹葉。

中山北路的行道樹，樹名叫什麼，並不怎麼重要，可以問問芸，她姊姊是念景觀建築的，或許會有答案。

從中山北路從南走到北大約是兩小時吧！我只記得妳冰冷的手，直髮在妳轉身飄動的樣子。

一九九四年一月十五日

你好！

很高興收到你的信。好好的讀一下書應該是不錯，不管這到底是為了某種目的、或只是純粹的喜歡。

我喜歡聽你有次在信中提到去電影圖書館看片子的事。某個下午蹺課，騎著舊摩托車，急急忙忙在中華路的騎樓下找停車位，然後為了趕上片頭衝上去。雖然到現在仍然不知道，看電影的片頭對你為何有如此的重要性。

你還提到火車經過時，完全聽不到對白的那一段，是滿有趣的。中斷的時間和火車種類有關，透過慢車、快車的通過時間，你可以分辨是普通車或莒光號。我依稀可以感覺到你所說牆上的風扇和陽光從風扇中溜出的場景。

我也很高興有機會和你相處。一月中旬，我二十歲了。芸說要幫我過生日，我拒絕了。因為實在是想不出來為什麼要過生日，這件事對我們這年齡的女生有那麼重要嗎？

不過，我的生日在芸的堅持下「依然」舉行了。就我們兩個人，在我現在租的地方。芸帶了一個小蛋糕和二十支小蠟燭，不是兩大支喔！你知道中間的圖案是什麼嗎？不是生日快樂的那種喔！上面是 Snoopy 的圖案耶！她在我們唱完生日快樂歌後，放了一首歌給我聽，是她自己唱歌錄的，了不起吧？歌名我忘記了。大概是「永遠在一起」的意思。

我還是許了願，我的三個願望，其中之一是我和芸之間的事，我希望能一輩子都有她這樣的朋友在旁邊陪我。另外一個和你有關，但是我不想現在告訴你。

很喜歡你送給我的生日禮物。我和芸在還沒打開你的包裹之前，她提議先猜猜看裡面是什麼？我猜裡面有一件黃色毛衣或者是玩偶，因為我記得有次在西門町逛街的時候，你答應買給我的。芸猜是一本書或畫冊什麼的。

結果呢，你買了一本作品集送給我！你怎麼會去買 Steven Holl 的作品集呢？

很貴呢！我在台北的書局找好久都沒找到，老闆說下個月才會進口，不知道你怎麼會先買到呢？為什麼你會知道我喜歡呢？我明明就沒有告訴過你，他是目前我們老師最常談到的外國建築師呢。不管怎麼樣，非常謝謝你，我真的很喜歡。

其實滿希望在我的生日能看到你，不過還好，你不是要考試嗎？這次不知道有沒有考好一點，要加油唷！我希望明年你還能在學校上課。我也知道你並不太喜歡你現在念的「流體力學」、「或然率與統計」這些科目，雖然並不知道其中的內容講什麼，或許有它有趣的地方，不要放棄唷！

芸有一次約我到她陽明山的家玩，那是前幾個月的某個星期天下午，我先搭火車從淡水到台北車站，然後搭 260 公車上陽明山。從公車站到她家大約要步行十分鐘吧！還好我有帶她給我畫的簡單地圖，才不至於迷路。

記得要到她家門前，會經過一小段樹林，出了樹林後是一大片綠色草地，看到的是有鐵製柵欄大門的別墅。真是好大的房子，我在按門鈴後，第一個出來的並不是芸，而是她們家的大狼狗和傭人。我想逗狗狗玩，但是牠的眼神看起來很兇，我有點被嚇到。

芸家的後院有一個標準尺寸的游泳池，藍藍的水清澈見底。游泳池邊有一個小型的籃球架，我笑著問芸，「不知道妳除了會彈琴，還會打籃球。」記得她的回答是游完泳後會投投籃，轉換一下心情。

我想不通，像芸這種有錢人家的女孩，長得又漂亮，為什麼有時也有煩惱呢？她有時會和我講心裡的事，我也會聆聽，但是總覺得她是和我在不同世界過生活的人。不過我們常在下課後到淡水的堤防邊散步，或去逛逛老街、吃小吃，這是我們之間最快樂的事。

二年級的課，主要還是設計課比較占時間，我常常在下午上完課後，騎著我的腳踏車去逛逛。我的腳踏車是高手把的那一種，前面有個白色的塑膠籃子，後面有鐵作的小座位。有時我會在下課後載著芸去淡水街上逛逛，買美術用品、吃排骨飯，每次她都會堅持要喝完酸梅湯後才回家。「不管啦，我一定要喝酸梅湯！」是她每次在我不想喝時硬拗我的話。

最近剛買了一雙新布鞋，是簡單型的。雖然不是我最想要的 Camper 鞋，也不是有氣墊的那一種。有一次，我搭配白色短襪、米黃色卡其褲，芸直說好可愛唷！

明天是星期六，我突然想回台北家看看妹妹。有一段時間沒看到她了。媽媽要我回家整理以前的房間，因為南部的阿姨要來台北小住一下。

對了，上次你提到要去看一部電影叫《霧中風景》，你看了嗎？

我要去洗衣服了，下次再寫給你。

靜　2/18/1994

Dear 靜：

最近好嗎？

我一直在想上次在 BBS 上妳和我提到妳半夜去系館 studio 畫圖的那一部分。我不是建築系的學生，但似乎可以 picture 到妳在圖桌上畫圖的場景：一個很專心的直髮女孩，一筆一筆的畫著線，偶爾撥弄著頭髮，因為要搆到圖板上方的圖，而必須偶爾站起來。

妳提到在畫正圖時（什麼是正圖？它和早先畫的圖有什麼不同？我在聽妳解釋後，還是不太清楚。）妳說妳偶爾先畫完所有水平線後才開始畫垂直線，為何不是大部分人說的左上至右下的畫法呢？

我當時在想，這只是畫圖的習慣嗎？或是一種不自覺的工作方法，與妳現在的心情有關？……

記得上次在北美館的入口三號門的旋轉門，妳因為地板滑而跌了一跤。米黃色的褲子在膝蓋部分弄得溼溼的，我問妳要不要回家換褲子，妳笑笑說：「我一定要進去看。」然後硬是拉著我去看。

那是一個建築展吧！大部分是紐約建築師的作品。有些精緻的模型和牆上的圖在不同的展示間裡。

妳像小孩子，蹦蹦跳跳拉著我走去一個全是白色的模型，是一個房子的模型。

「這是 Richard Meier 早期設計的房子」，妳接著指著一張 Sketch，「這是他原本的想法。」

「為什麼會是白色的？」妳脫口輕鬆的說，「因為是白派嘛！」

當我開始想問妳何謂「白派」時，妳似乎沒有注意到我在問什麼，可能妳已被牆另一邊的模型吸引了。

了解和理解是不同的東西。我對妳的了解，可能是一些少許的記憶的組合，片段而不連續。有時候也不知道該怎麼辦。

內心非常乾燥、不安，並不太能控制自己的情緒。

這樣的日子一天天的過，到底哪時候是終點呢？

我還是非常想念著妳，雖然我知道現在我可能什麼都不能做。對於妳心裡塵封的小時記憶，我不想去知道，也不知如何去了解。

去橋上拍照時要記得多穿點衣服、加件毛衣，早上天氣很冷。畫圖不要畫得太晚。早起些，我喜歡健康的妳。

一九九四年三月二〇日

第3章

一九九四年夏天

我仍然每個星期五下班後和那個「介紹我很多學生朋友」的朋友去逛逛，通常是吃日本料理、喝清酒或去鋼琴酒吧坐坐。Boston 雖然比不上鄰近的大城市紐約有比較多的娛樂選擇，也沒有什麼二十四小時的商店，但是因為沒有太多選擇，所以作決定的速度也比較快。有時臨時不知道想去哪裡，他總是提議到他家坐坐，理由還是「認識多點人嘛！或許會交到有趣的朋友喔！」等等。

說也奇怪，每次去他家聚會，的確是有些「不太一樣」的男生或女生出現，至於有什麼不一樣，我也說不太清楚。

某個星期五晚上，我照著芸給我的名片，打了一通電話給她，鈴響了十次，結果是電話答錄機：「我是芸，現在不在家，請在嗶一聲後留言。」她在留言這兩個字加重語氣，也停頓一下。聲音非常清脆悅耳，我本來是不想留言的，想說可以改天再打，但還是忍不住留言，大概是說「我想和妳見一面，談談上次妳和我說的故事」。

聲音實在好聽，和她外表給人的印象也能接和得很好。

兩天後的星期日下午，我們約在 Harvard Square 的星巴克喝杯咖啡。她點了一杯 Tall Latte，我依舊是一小杯黑咖啡。

我拿出幾頁稿紙，是有關故事中角色之間的信件，她看了一下，一邊轉著玻璃杯，抬頭望著我。

「我很驚訝你會開始動筆把它寫下來，我本來以為我的故事內容是平凡、單調、也沒有高低起伏的。」她托著下巴，看著我，一副想從我眼神中找到正確答案的神情。

我其實也很好奇，為什麼上次見面時在並不太熟的情況下，她可以和我講故事。從我聽故事的經驗，大部分人會說故事、尤其是自己的故事時，原因可能是在情緒上有很大的波動，但芸並不在這個範圍內。

「我發現有一些有趣的因素在妳的故事中。」我誠實的說。

「可以問一個問題嗎？這是不是真正發生的事？」

「這的確是發生在一九九四年夏天的事，除了真正發生在我身上過的事，其他我是沒法說得清楚的。」

當時我在想自己另外一件事和她描述的事情其中之關連性，但是隨即放棄繼續思考的念頭。

我決定出去外面抽根煙，芸正在翻著我準備給她的一份備份，她的表情時而露出微笑，時而陷入沈思。

我仍在想這個故事和她的生活有何關係？是純粹對大學時代生活的懷念，或是對人與人之間的情懷因時間而消逝、因而感傷呢？

另一方面，它和我的生活或是創作的心理世界有什麼關連呢？大部分的故事，我都是聽了就讓它們沈睡在心裡，為什麼芸的故事顯得有些特別呢？

芸在她的故事中談到學設計的女孩拍照的心情，和有點「淡淡」的情感，倒是讓我有點感慨；但我並沒有答應自己去進行這項寫作，因為有很多事都太模糊，有些事又太清楚。

這種寫作前的準備材料和放進文字容器的過程，不是一種線性的關係。

它比較像是退後幾步去看一幅圖，想要得到比較遠的全觀，但是常常發現自己已經在圖畫之中的情境。

「我說出的故事都是真實的，但都是從我的角度出發的，或許你在寫作時，可以從比較『客觀』的角度去出發唷！」芸說。

「我會的。我會把妳講的故事、人物與情節略加調整。」

雖然說故事這件事從來沒有「客觀角度」這回事，因為每個人在談論事情的角度，其實是一種自我投射，是個人觀察世界的方式。

當然我並沒有對她提這件事，有時候太過分析性的談話，常常會讓聊天中感性的部分停滯。

「所以下次我可以看到你寫的另一部分嗎？」

「當然。」我點頭。

芸把稿子放回夾子，放進她可能是剛買的 Prada 黑色包包，是那種我剛在雜誌中看到最新流行的款式。

回到家中，再次讀讀我目前的稿子，我在想靜到底是怎麼樣的女孩呢？

倒了一杯 Vodka Coke，雖然夏天實在不適合喝這種酒；曾經有一陣子換紅酒喝，但沒撐多久我又換回來了。有時也常常責怪自己，作決定也是沒有太多原則可循。

靜這種淡淡的情緒到底是什麼？這種角色像是印象派風景畫中的少女，是一種電影中的停格；而現實中的我們在觀看的過程，是否同時也「感受」她的情緒而憂傷呢？

背景設定是一九九四年靜和芸在大學時代的故事。另一方面，我在想一九九四年在淡水讀書的靜和二〇〇二年在Boston工作的我，又有什麼關聯呢？

我迷茫了一陣子，寫作前必須要有「角色描述」這部分，我想我在掙扎，我只有一點點感覺。

再次翻到我之前為了描述角色的簿子中對靜的描述：設計學院的學生，二年級，住在淡水小鎮，喜歡拍照，設計題目：浮動工作室。

我在簿子上加了幾段話：

1. 喜歡吃台灣麵的女孩，豬油乾麵＋魚丸湯。

2. 騎著腳踏車吹風、散步的夏天下午。

3. 喜歡坐在圖桌前想事情發呆，而一筆一筆的畫圖。

第4章

霧：50%密度

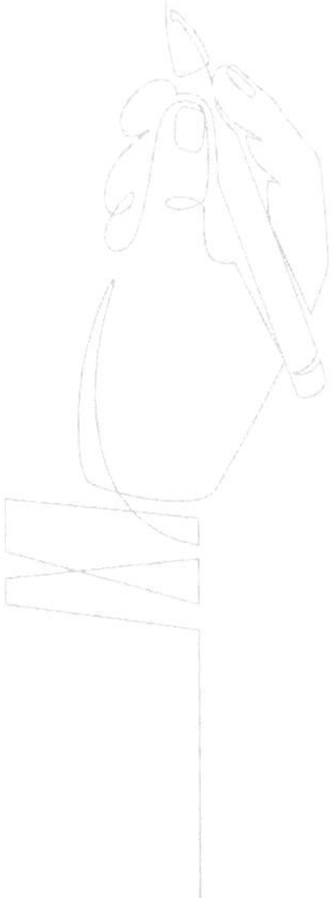

回頭翻一下一九九四年三月二〇日關心靜的大學男生寫給靜的信件。他在信最後寫到：「……雖然我知道現在我可能什麼都不能做。對於妳心裡塵封的小時記憶，我不想去知道，也不知如何去了解……」

靜小時候的塵封記憶是什麼？為何對靜的情感世界有影響？種種謎團讓我困惑。

我想，如果有一段落是以靜為第一人稱的日記型式來鋪陳靜小時候的故事，或許可以幫助了解整個事實。

（大稻埕碼頭）

他和我坐在河堤上，一艘渡輪正從眼前滑過。

「我們會再見面嗎？」我問。他一臉疲倦，並沒有回答我的問題。

「如果有機會，我們可以一起搭船去旅行？」我試著再問。

那時候，我讀忠孝國中一年級，他念三年級。我們是在讀小學時認識的，他讀太平國小，我讀蓬萊國小。

「你還記不記得你爬到窗戶欄杆去幫我拿氣球的事？」

「靜，這並不是很大的事，只是爬上窗戶去幫妳把氣球拿下來，不然氣球就會被風吹走了！」他仍然是一副無所謂的回答。

「你後來還因為爬窗戶拿氣球弄傷眼睛，縫了好幾針。現在有沒有好些？」

我看著他，想起有次我們在戲院前看著一張海報，那是個在海洋冒險的故事。

「我們可以一起進去看這場電影嗎？」他好奇的問著。

「不行，大人說太危險了！」我回答，但不知道為何他會問我這個問題。

「那麼去吃米粉湯好了。」每次他都這樣回我的話。

我回想在下課後和他常常會經過的永樂市場。我們常爭執到底是市場前的那家、還是稍遠大樹下的阿婆米粉湯那家好吃。

但我一直沒告訴他，其實我比較想吃的是我讀國小校門口前麵店的乾麵。

「靜，我們會一直在一起嗎？」他問。

「一起共同完成一件事嗎？我想這就代表我們的心在一起。」我試著回答，雖然我並不知道所謂「永遠在一起」這句話的意思。

太陽就快要下山了。一陣霧吹來，船逐漸消失在我們的視線之外。

「靜，妳長大後有什麼願望？」

我看著遠方的河水，心想如果我可以有一台相機來記錄有關這河流的一切，該有多好。

「我們可能不會再見面了。」他有些無奈的說。

「為什麼？不行，讀國小時，你曾經答應我要一起搭船，旅行到這條河的盡頭，一起欣賞日落的！」

「靜，你二十歲那年的夏天，我們會在淡水河口見到面的。」他有些猶豫的回答。

他從口袋拿出一塊石頭和一支髮夾，輕輕的放在我手上。

（茶箱）

我從小住在大稻埕，是在巷子內，不是迪化街旁的那種大房子。高中讀有學姊學妹制的女中，但不是穿綠色制服的那間。

出了巷子到馬路旁，有一家茶行是我小時候很常去玩耍的地方。這家茶行很大，是我高中學姐家開的。

那是一家在當地頗有名氣的店，有次學姐帶我去她家玩，只見到好多她所說的叔叔、阿姨進進出出，後來才知道他們都是在店裡工作的人，在他們家長期工作。

叔叔在茶廠烘茶，阿姨在二樓揀茶，有些體力好的忙著搬運茶貨。我家附近有很多跟茶業相關的店家，我記得當時有兩百多家。

學姊她爸爸很熱心，也會講故事，我記得他是這樣描述的：

「焙火與拼配，是代代相傳的製茶手藝。烘焙的目的主要是讓茶葉的水分減少，拉長茶葉的保存時間……而茶葉的回甘，會經焙火而增加。」

「把炭敲碎，放進炭坑，提供熱能，然後鋪上炭化的稻殼……控制溫度並防止茶葉帶有煙燻味，接著把裝進茶葉的焙籠放上去烘……將茶葉分批裝於木箱，把薄竹片編織後包裝木箱，避免茶葉在船隻運送過程受潮……拼配是依各類茶的特質，將茶葉品質、外觀按比例組合，確保茶量與品質，不因樹種、採收時間、溫濕度等因素影響。」

像是食譜一樣，有一步一步的過程。

至今我仍然一直保存著學姊爸爸在我去淡水讀書前送我的小茶箱。

（慈聖宮大榕樹）

慈聖宮前的那顆大榕樹，和攤子排給客人享用小吃的鐵製座椅，是我小時候心中常回憶的場景。

媽媽很虔誠，常常在禮拜六早上帶我去拜拜。這是她多年來表達堅持和良善的方法。但每次拜拜回來，我記得永遠都是廟前面那一排小吃。如果這件事被媽媽知道，她可能會生氣吧。

不管怎樣，夏天有點悶熱的風、涼爽的榕樹下和廟口的排骨湯，是我跟我媽共享的記憶。

第5章

Nikomat 和蕭邦

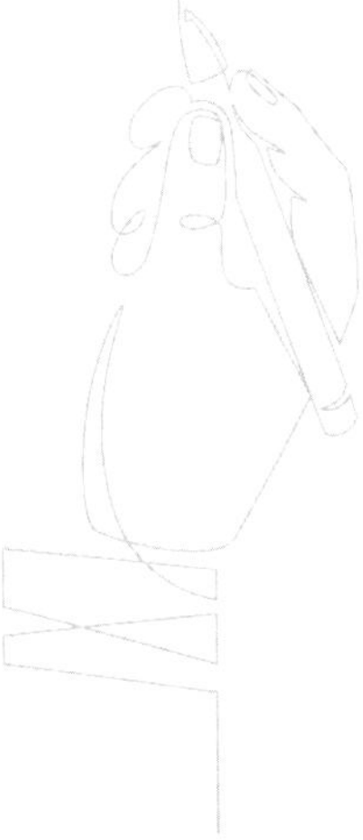

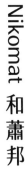

二〇〇二年是我來美國的第六年。書按照家人的意思讀了，畢業後也開始工作一陣子。在 Boston 工作內容是不錯，也跟同事處得還好。但不知道如何，最近有些面對未來的茫然和無力感。

是想回家嗎？也不盡然。但好像有一股莫名的力量在腦中不斷的徘徊，久久不散去。周邊好像充滿陰鬱的空氣，紛紛擾擾的事接踵而來。煩惱像是一腳剛抬出雪堆，下一腳又踏入另一個雪堆的情境，不斷上演著。

寫稿的焦慮是因為需要更多的靈感和想像嗎？或是應對自己的內心重新認識呢？

<Central Square>

Central Square 位於 Boston 捷運紅線上，距離 Boston 其他重要市鎮如 Harvard Square、Downtown Crossing 是滿近的。

但我會選擇住在 Central Square 的原因其實不複雜。早上可搭 1 號公車過 Charles River 後，步行幾分鐘就會到工作的事務所，就上班這部分算是方便的。

Central Square 的麥當勞距離我目前住的地方並不遠，是我周末不想自己準備早餐的選項。但踏過沿路的雪堆，會浸濕我的腳，倒常常讓我有些困擾。

馬鈴薯餅、麥克雞塊、小杯黑咖啡是我每次去的必點。櫃臺的服務生遠遠看到我的第一句話都是：「The same ?」

「Yes, please.」是我一貫的回答。

其實麥當勞漢堡我不常吃，要吃炸雞一般會吃肯德基。麥克雞塊大概是我進麥當勞的唯一理由吧。

<Nikomat>

看著我桌上的 Nikomat。

這陪伴我十幾年的相機看來有些蒼老了，皮帶也斑駁。爬山涉水，它陪我越過太平洋來到不熟悉的地方，從芝加哥、密西根、紐約到波士頓。搬了不少家，它總是孤單的待在一個小木箱，陪著我。

「一九六〇至一九七〇年代，Nikon 公司另闢了一條產品線——Nikomat/Nikkormat，傳承了 F 系列的堅固機身，但取消了可交換式觀景窗。Nikomat 在產品線上與後期的機械相機有點類似，也是分成 FT（純機械相機，電池僅供測光）系列與 EL（有光圈先決模式）系列。Nikkormat EL 是 Nikon 第一台擁有光圈先決的 SLR。」

「Bayonet Pre-AI Pre-AI Pre-AI Pre-AI AI Pre-AI Pre-AI AI

Exposure Mode M M M M M M,A M,A M,A

Metering Range(EV) N/A 3 - 17 3 - 17 3 - 17 3 - 17 1 - 18 1 - 18 1 - 18

Metering Pattern N/A 60:40 60:40 60:40 60:40 60:40 60:40 60:40

……Viewfinder Coverage 92% 92% 92% 92% 92% 92% 92% 92%

Flash Sync. 1/125 1/125 1/125 1/125 1/125 1/125 1/125 1/125 ……

DoF Preview Y Y Y Y Y Y Y Y

Self Timer 機械 機械 機械 機械 機械 機械 機械 機械

……

Changeable focusing screen N N N N N N N N

Cable Relase AR-3 AR-3 AR-3 AR-3 AR-3 AR-3 AR-3

Weight(g) 705 740 750 780 740 760 790 780」

讀了兩次，實在不了解上面的敘述是什麼意思，是技術資料嗎？

疑惑的是，想了解如何使用相機，好像不須知道這麼多。

<Jeep Cheroke>

我的 JEEP 款式是 Cherokee 一九九四年份，是我剛來美國時買的，是二手車。它方方正正的，遠遠看來有點笨拙。當時本想買有點流線的 Grand Cherokee，最後因沒有足夠錢而作罷。想半天還是敵不過當學生沒錢的現實。

四輪傳動可以爬樓梯？沒試過。但電視上的廣告的確是我買這車的關鍵。

朋友問這車最重要的用途是安全嗎？是！尤其是它在雪地上較不會打滑；有渦輪增壓引擎嗎？是的，但馬力大，拖動這匹馬的油也要加得多。

常有朋友在下雪的週末來找我，說是要請我吃飯，條件是我的車在公路上要開在第一台，負責帶車。可能是因為我的車輪胎大，在雪地可以開出長且深的車痕，而他們的Mercedes-Benz、BMW可開在我的車後面？我猜是對他們的車在公路上會比較安全不打滑吧。不過有機會出門跟著大家吃飯，倒還不壞。

<蕭邦>

最近想了解前奏曲跟序曲有何不同，找到有關蕭邦寫前奏曲的故事。

看完簡單介紹後有點疑問：蕭邦的前奏曲都有標題嗎？有些的確是有。但為何要取名字？用數字不行嗎？而且是二十四首？

「鋼琴每一個八度都有七個白鍵和五個黑鍵，以這十二個音為主音，分別可以組成十二個大調和十二個小調。每一個調一首，一共是二十四首。」

查一下資料，聽來是有些道理。

第十五首前奏曲的名字「雨滴」是蕭邦的愛人喬治．桑（George Sand）加的。一九二六年，鋼琴家 Alfred Cortot 為蕭邦前奏曲每一首都加了標題，例如第四首加的是「在墓地」、第十首是「墜落的火箭」、第十五首是「一個媽媽在搖晃她的孩子」、第二十四首是「血液、淫蕩和死亡」。

加了標題，感覺是有點「精神」，好像一邊聽曲子就會有影像出現似的。

十五號前奏曲「雨滴」我聽過幾次，聽時常常在想，「外面會不會下雨？」

我找了一陣子第三號前奏曲，沒找到，就放棄了。

第6章

場景一：小麵館

時間：一九九四年六月十六日，星期四下午三點半，天雨

地點：水源街小麵館

星期四的下午，來淡水的遊客不如往常多，街道有些泥濘，小小的水灘在柏油路面上堆積。不知道為什麼，總是在靠近水溝的地方形成水窪。

芸和靜踏在麵店老闆為每次下雨特別準備的長條木板上，才能順利進入店內。麵攤的手推車停在店面前，似乎裡面的吃麵空間和在前面的賣麵空間是不同的組合方式，廚房是可以移動的，而吃麵的地方是固定的。老闆千篇一律的吆喝聲，白白的水蒸氣，白板上永遠用麥克筆寫的價目表，似乎每碗麵的價錢是隨時可以更改的。

芸和靜找了一個靠牆邊的桌子坐下，從店裡人們的交談聲和穿著，依稀可以分辨哪些人是從外地來的遊客，而哪些是這裡的居民。芸點了一碗榨菜肉絲麵，靜點了一碗豬油乾麵和一碗魚丸湯。老闆也沒問她們要寬麵或是細麵，很

熟練的下了麵，隨口問問她們類似「學校怎麼了？」的寒暄話題。

芸擦了一下桌子，一邊從背包拿出前幾天剛從台北台隆書局買的 Morphosis 作品集，翻著翻著，一邊告訴靜班上有些同學的學生證因為偷書被書店老闆貼在櫥窗上的事。靜拌著肉燥，微笑聽著。

靜穿著藍色牛仔褲、黑色 T-shirt，把頭髮紮起來，是綠色的橡皮筋；芸開玩笑的問為什麼今天沒有用髮夾？靜比了一個手勢，意思是說一時找不到。芸正在談她男朋友的事，靜像個小孩子，仔細聆聽，卻不知聽懂沒，專注的眼神，在某些時候顯得渙散。不一會兒，老闆送來靜的魚丸湯。

芸：「我一直覺得為什麼我周遭的男生對我有一種印象，例如他們總覺得我是一個漂亮的女生，是可以帶出去的那一種，可以在他們的男生朋友中炫耀？」

靜笑著說：「妳可是我們系上公認的系花，有時我在 studio 從同學或學長聊天無意中聽到，他們好像都對妳很有興趣，他們還用一句話形容妳。」

芸噗嗤一笑，「是不是『夢中情人』？這是恭維嗎？我最近在想，這似乎有些奇怪，好像我被定位成某種類型的女生。事實上我並不是那樣的，我男朋友有時對我穿衣服很有意見，還管我頭髮怎麼剪才好看，『不要留這麼短的頭髮啊，長髮才有氣質啊！多穿裙子、少穿褲子』等等。」

「有時真不知道為什麼他要這要想。長髮沒氣質的女生滿街都是。這些男生一定是小說看太多了。不過，我還是滿喜歡他的，他是那種有才華的人，是可以帶著大家往前衝、去完成整件事情的人。我有時也有些混淆，這到底是欣賞或是喜歡？」

靜頑皮的說：「妳看我把頭髮剪短了一點，可不可愛？」

靜轉身放下頭髮，果然直髮真的變短了，以前是到肩膀，現在是到耳邊。

芸：「妳還挑染啊！用了幾種顏色？」

靜：「有些綠色，以及一小部分紅色。」

芸靠近一點看看，嘿嘿，果然有紅色，是混雜在裡面，不細心是看不出來的。

芸捉狹的問：「是為了誰啊？」

靜默不作聲。

餐後她們點了紅豆牛奶冰，背景音樂依舊是江蕙、洪榮宏和張清芳在輪流，好像 CD 盤裡只有這三張 CD。芸走去音響邊看看，果然是只能同時容納三張 CD 片的 CD Player。芸笑著對老闆說，「我下次可以帶自己的 CD 來聽嗎？」老闆比了一個手勢，眼神似乎傳達著訊息，「妳的音樂我的客人可能不會喜歡，音樂只是背景而已，跟生意無關。」

芸回到座位上，回想她剛才聊的話題。

芸：「雖然我不知道愛情到底是什麼，但還是要勇敢去試吧！小時候我父母親都非常忙，沒什麼時間照顧我，姊姊又大我七歲，我爸媽很早就送她出國念書。我姊姊在美國念研究所時認識我現在的姊夫，直到前年才回來台灣創業。我和她並沒有太多話題可以聊。而且現在他們又忙著成立公司的事。」

芸接著說：「我滿希望有人能真正了解我心裡想什麼，縱使只是那麼一點點也足夠，只是不知這還是那麼遙不可及。每個星期六下午，在我家陽明山房子的琴室練彈琴時，常常覺得孤單，有時我滿羨慕妳的，妳比較自由自在。」

靜（輕輕的說）：「可能是我家的背景很平凡，也沒錢在小時候可以學任何樂器，只是喜歡拍拍照吧！世界上感情的事情太複雜，我也不想了解。」

靜：「我為了租現在的房子，偶爾還要寫旅遊文章，投投稿、賺點小錢。」

芸：「妳還滿堅強獨立的嘛。」

靜：「沒辦法啊。」

靜有時講話有些許停頓，像是欲言又止，説起話來又常常不連貫，或是無來由的冒出一句話。

芸：「妳吃飽了嗎？」

靜：「大概吧，我想坐在草地上看看雲。」

芸：「好啊！雨停了，太陽出來了呢！在回 studio 之前，我們可以到草地上坐坐。」

＜水上劇場＞

「這張圖是什麼？」芸問著靜。

「這是我高二暑假偶然在圖書館看到一本有關義大利建築的書，書中有些有意思的圖。」靜拿出影印本給芸瞧瞧。

「船看起來像一個城堡，也像一個人的臉。想不出來這位建築師為什麼要這樣做設計？妳看這艘船好像是戴了一個帽子，上面插了一根旗子似的。而船停靠在河邊的時候，跟背景的建築搭配起來是有些突兀。船的設計平面是方形的作法，中間好像是用來當伸展台。」

靜一邊解釋給芸聽，一邊拿出一頁關於這作品的介紹。

「義大利建築師 Aldo Rossi（阿爾多・羅西，一九三一～一九九七年）於一九七九年威尼斯建築雙年展（Venice Biennale）的作品「海上劇院」，是一座漂浮在海上的劇院。有二百五十個座位環繞著中央舞台，可以停泊靠岸，也可以自由航行。」

兩天後，靜收到芸傳來的素描。

第7章

場景二：霧中實驗

時間：一九九四年六月十七日星期五晚上七點（期末評圖的前一天晚上）

地點；靜的宿舍（重建街）

靜的宿舍位於山丘上，從窗外可以遠眺淡水河口。這是一個頂樓加蓋的小房間。屋頂平台上，有些房東放的植栽，有淺黃的小花、和幾棵不大不小的萬年青。鐵製的曬衣架，仍然可以看到鏽斑，孤伶伶的放在一邊，強風時搖搖晃晃的刮刮作響。

從窗外望去可以看到一條小路，大概是蜿蜒的通到淡水海灘吧！乳黃色的路燈和映照在柏油路的樹影，偶爾被匆忙而過的摩托車隊所攪亂。這些摩托車隊的情侶大概是要去海灘夜遊吧！

芸：「妳的咖啡要加糖、加奶精嗎？」

靜：「一塊方糖，不要奶精。」

靜趴在圖桌上，平行尺上下移動，與三角板的碰撞聲時而緩慢、時而急促。

芸：「為什麼畫圖要從左上而右下，而不是先畫完所有的水平線，然後畫垂直線？」

靜：「因為這樣畫完的線才不會被平行尺和三角板壓到，也不會破壞原來完成的線，尤其是畫正圖的時候。」「不過有時我喜歡先畫完所有的水平線，等一下再畫所有的垂直線。」

芸：「有什麼道理在裡面嗎？」

靜輕輕的說：「沒有。」

靜畫完平面後，把一張空白的描圖紙壓在原來畫好的平面圖，準備開始畫剖面（section）。圖桌旁的綠色大同電扇又開始不聽話，風扇的轉速時快時慢，靜要芸把速度調到最大，看會不會恢復正常；但風扇轉動速度達到最高之後，一下子就逐漸放慢、放慢，這次則是完全停止。

芸：「該換電風扇了！」

靜：「妳可以用手打一下它嗎？」

芸照做了，仍然毫無起色。

靜：「它大概今天心情不好，明天可能就恢復正常。」

芸：「明天要交多少圖？」

靜：「平、立、剖面各一張、一張透視圖、加上一張一比十的外牆剖面。」

芸：「這麼多！模型呢？」

靜：「大概做完了，我放在系館 studio。」

芸在靜的圖桌上找到幾種顏色的色鉛筆，在茶几上找到削鉛筆機，是那種手搖式、有吸盤和一支鐵柄、可以固定在桌上一角的那種。

芸：「妳需要幾種顏色呢？我找到紅、綠和白色。」

靜（想了一下）：「我的小抽屜裡還有一些，看看可不可以湊成七種。」

芸找了一下，心想七種如何湊齊呢？抬頭看靜，她正埋首於她的水平線／垂直線中。

芸：「妳要白色嗎？」

靜：「白色可以塗在深色上面，或許可以用。」

芸心想如何幫她，因為靜已經無法完成所有作業。芸拿起一張 diagram 和一張拼貼，清了一下餐桌，開始著色。

芸：「靜，我可以問一個問題嗎？為什麼『在一起』這件事對妳是『存在』的問題，而不是『生活』的命題呢？」

靜去拿一杯咖啡，照例的加一個方糖，但還不至於溢出來。

「靜，不知道為什麼，我發現妳有一種心理的狀態，不是用語言、姿勢可以表達的。」

靜沈默不語，兩眼看著窗外。鹵素的路燈光束似乎可以射穿白白的薄霧。

靜的眼睛清澈，比以前更加深邃。當她望著窗外，可能是一種停滯，或者用另一種講法是發呆；她的沈默是一種無法找到正確形式表達的無奈，好像是二條線，看似交叉，而實際上是在不同的空間。

芸問著是否想聽一下音樂，靜沒作聲，仍然低著頭繼續一筆筆劃著線。芸挑了一張巴哈的十二平均律，整個房間因為音樂的旋律，讓寂靜的空氣有些舒展。

芸：「妳仍然惦念那個國小時期的男生嗎？他可能是一個停駐的場景，已經停在那時候，沒有前進。」

靜停下筆，啜飲一下咖啡，抬著頭看了一下芸。

芸正蹲在茶几旁，輪流拿著不同顏色的鉛筆，逐次在不同的空間塗色，顏色逐漸變深，直到接觸到墨線的邊界。

靜（輕聲說）：「雖然說那男生在我小時候沒跟我說清楚就不曉得消失到什麼地方，但我相信那個男生仍然存在，可能他的存在是局限在我情緒的框框吧！但他也有移動，不是前進或後退喔！是一個情緒的感動，我好像不斷在繞著那個框框打轉，或許這個框應該是有出口吧，或許是另一個入口。」

芸：「具體的說呢？妳仍然想著為什麼他當時會願意爬到窗戶的鐵欄杆，幫妳把妳的氣球拿下來？我是不明白，當他會為妳爬上兩層高的窗戶，這是一種感動嗎？」

靜打開抽屜，拿出她的綠色蝴蝶型髮夾，慢慢梳著頭髮。芸幫她把夾扣放到正確的位置。

芸：「妳還要不要咖啡？」

靜：「謝謝，不用了。」

＜飛機＞

靜提議回學校一趟，要看一下放在學校 studio 的模型。她想比較一下放系館的模型和手上的圖，到底改哪一邊比較容易點。

靜：「兩邊還是要儘量一致，明天評圖才不會有問題。」

芸笑著回答：「才不會現場被『抓包』！」

芸和靜商量要騎車或是走路回學校。走路可從大仁街、大忠街那邊上去，但要半小時左右；騎車可順著水源路一段、英專路、學府路這邊，只要花十五分鐘，但有一段不算短的上坡。

靜：「芸，走路花太多時間了。我騎腳踏車載妳好了。」

芸：「是不是想看看我最近是否有發胖？」芸笑著說。

「我騎車如果上不了坡，就知道妳最近有沒有吃太多！」靜回答。

「大不了下來推車嘛！」芸說。

靜和芸來到系館，先到 studio 看一下模型，對比和手上的圖有何不同。芸幫忙找一下小片的模型紙板和賽璐璐膠片，她拿出膠水，順便修補一下模型，再確定模型放在桌子上是不是夠穩。

要離開系館前，芸提議到入口廣場的階梯坐坐。

校園這時候沒什麼學生走動，行道樹、系館旁的道路、和遠方的黑天鵝展示廳，在路燈的映照下，倒也不顯得冷清。

可能是因為明天要總評，系館燈火通明，有些同學正熬夜畫圖作模型，遠處依稀可聽到走樓梯上上下下從 studio 到工廠的聲音。

「還有一些同學討論要到校外買宵夜吧，明天早上可能又會有一堆沒清的垃圾。」芸說。

「靜，妳想不想去搭搭系館前的飛機？」芸指著已放在系館前很久的兩台飛機。

「那兩台已在那裡停很久，不知道為什麼要放在我們系館前？」

「靜，不要那麼嚴肅，妳開心一點嘛，如果要搭飛機，妳選哪一台？是那台有比較多座位的、還是只有二個座位的？」芸問靜。

「妳猜猜看？」靜說，「默數到三，一起回答。」

「有二個座位的。」靜和芸異口同聲。

「但我要坐前座主駕駛的位置！」芸搶著說。

「隨妳吧，高興就好。」

芸開始說著學校有修復飛機的計畫，心想如果修好後，有沒有可能讓她們有機會搭一下這系館前的飛機。

芸正在描述如果有可以開飛機的機會、跟靜飛上天空的場景。靜撥撥頭髮，安靜的聆聽。

靜淡淡的說，學校修復飛機的計畫可能不含「讓人可搭飛機」這件事。

「如果不能搭飛機，那我們可以搭妳現在設計的船嗎？」芸問。

「我想開船！」

芸一副興高采烈，好像開船去玩這件事當下會發生一樣。

靜說，「芸，妳有沒有發現，我們前面這兩台飛機，如果要爬進去，也很難。」

「跟系館的建築物好像一點關係都沒有」「也沒平台、階梯等可將周邊的房子、地景結合在一起。」

「靜，妳為什麼又嚴肅起來，是因為明天要評圖的事嗎？」芸問

「沒有啦，只是心裡有點事。」

靜想對芸說一些話。但不知要如何表達。

一陣沉默。

芸：「妳真的不想再見到他嗎？這一兩年很關心妳的那個男生，他是我男友的高中同學，他下個月要去當兵了。」

靜（停頓一會）：「可能會再見到他，我不知道。」

芸：「對不起，我不該這時候提起這個問題。」

靜：「沒有關係，聽說他和妳最近有聯絡？」

芸：「前幾個月有見過面，可能是因為他不知道該怎麼辦，或許他不知如何與妳溝通。」

芸回想前些日子在台北跟那關心靜的大學男生之間的對話。

<和平東路某 Pub>

「最近還好吧！學校怎麼了？」

芸：「一樣，沒有太多變化，一年級的設計課都是一些基本的東西，學著怎麼畫圖。聽我男朋友說你心情不好，是因為功課的關係？」

「不知道為什麼要上學吧！已經大四了，有一、二堂課是第二次重修，這次如果沒過，大概就被退學了。早上起來，昏昏沈沈的去上課，書上的東西，好像和生活無關，但要占據我大部分的時間。靜最近怎樣了？」

芸（驚訝）：「她沒和你聯絡嗎？我以為你們有在通信、打電話。」

「有打過幾次，不過都沒人接，BBS 上也沒有出現，大概是忙吧。」

芸（小聲的問）：「你還滿想念她吧？」

芸接著說：「靜其實過得還好，早上一大早去拍照，下午上設計課。有時我會在電腦教室看到她，神情沒什麼異狀。星期六有時我會找她出去，去海邊散散步，怕她在家裡悶壞。星期天我男朋友會開車帶我們去台北逛逛夜市、吃吃東西。所以我想她是沒什麼問題。」

「我知道她心裡有些負擔吧！才會有時候不講話、悶悶的。」

芸：「你知道她國小時期的事？我是說那個幫靜拿回氣球的男生？」

兩個人頓時停止對話，芸點的紅酒正好送來，芸對服務生說聲謝謝。

「知道一些，但是不太清楚，她並沒有說得很清楚。」

芸：「她似乎不太喜歡談這件事，我總是要很小心，避免碰觸這個問題。」

「其實我並不想要知道詳情，我只是在想如何讓她可以快樂一點。有沒有在一起這件事，並不是那麼重要，我想的是靜的幸福、快樂。如果她能心情好一點就好。」

芸：「她其實也是想你的，只是現在的時機可能不適合見面唷！有時我滿怕她想太多，一直鑽下去，這樣下去會找不到出口的。不過每次去她宿舍，看她很高興的跟我說拍照的故事。或者，我看她在圖桌前專心一筆一筆的畫圖，我就很安慰。看來目前大概是沒有什麼問題。你也要學會好好照顧自己喔！煙實在抽太多了，鬍子有時也要刮乾淨一點，看起來無精打采的。」

「有時是一種無可奈何，和對未來的不確定感吧！我不知道未來幾年要做什麼，往哪裡走，好像前面的風景有時清楚，有時又很模糊。」

芸：「你滿清楚自己的嘛！」

（苦笑）：「大概這是我唯一的優點，我是一個在普通家庭長大的小孩，很普通，家裡也沒有什麼錢讓我有多餘的嗜好。當隔壁家小孩都在上山葉兒童音樂班時，我的娛樂是聽聽二手唱片，到處逛逛，或打打彈珠。聯考不能不考好啊！家裡希望小孩考上醫學院當醫生，因為這在南部是一件大事。」

芸（笑著說）：「我男朋友也說過同樣的事呢！聽他說，你們在高中時是排球校隊。」

「因為排球隊最好申請進去吧！不過他是隊長，長得高又帥，高中時就有很多女生在比賽時來看球，我們都是託他的福，比賽時才有啦啦隊。」

芸：「原來他這麼有名！對了，我該走了，希望你心情會好一點，有時把自己拉開那種情境一下，不要喝太多酒，抽太多煙唷！靜不會喜歡看到現在的你。」

靜聽芸說完後嘆口氣：「芸，我有時候會和他 BBS 一下，兩個星期前我有寫信給他。」

Hi,

我並不確定我們這個時候適不適合見面，並不是不想見面，我想我是還沒有準備好。等我準備好了，就會立刻寫信告訴你。

和你談談我目前的生活，我住的地方有些靠近學校的小山丘上。是在頂樓加蓋的房間，從我房間可以看到淡水河，這是一個只住女生的宿舍，距離學校不太遠，但不是學校提供的宿舍，是屬於私人所有的。房東在屋頂露台種了一些植物，有時我要幫他澆澆水。

最近我常回想小時候住在外婆家的事，外婆家在淡水的對岸八里的河邊，靠近關渡大橋的起點。在外婆家的任何角落都可以看到那座橋。早上起來，我喜歡一個人走在河道邊，慢慢的走過一堆堆草叢。白濛濛的霧氣，看著早起的公雞在庭院中啄著穀粒，以及沒有睡醒、躲在房子角落休息的貓。

水邊的泥巴是濕濕的，有時候可以發現其中小草的痕跡，我有時會用手拍著水面，感覺一下水的溫度。

設計課還是很重，我選擇的題目是「浮動的工作室」。

老師似乎不太喜歡，不過我倒是很喜歡去關渡大橋上拍照，記錄我的小小的實驗。觀察霧的形成、轉變以及消失吧！感覺那種霧、雲和天空雨水的交互關係。有時是融化，有時是消散。縱使我仍然不明白，這和我的設計本身有多少直接關係？

我想我現在的心情比前幾個月好一些了。只不過心裡有兩股力量在互相拉扯，像是在繞著什麼打轉。結果是一次又一次的焦慮。

我很喜歡我現在的設計題目，或者明確的說，我認為目前的設計題目是最適合我的。

期末評圖只剩下二個禮拜了，我的霧中實驗（fog test）仍在進行。

早上起霧的時間有些無法預測。我常常早上五點起床，騎著腳踏車去橋上，實在好冷。回來時毛線衣上總是多了一層層的水漬，不知是霧氣還是水氣。

我不知道這種實驗還要多久才會告個段落，或許我在等待嗎？等待最大的霧出現嗎？雖然我不知道它何時會出現，或許它已經出現了我也不知道。

事物的狀態有時是固定的，有時在轉化。它往哪一方面移動，以及背後的動力是什麼？我並沒有答案。

星期六下午，我會獨自一個人去堤防邊走走路。不是有目的性、像是運動那種喔！我只是想去看看河、看看海、吹吹風而已。

祝好

芸聽靜講完信後說，「靜，看來妳跟他還有聯絡。」

靜回想著他之前信裡曾經對自己講的一些話：

「我對很多事情都還不能了解，可能是時間還沒到吧！自己未來幾年後，到底在什麼地方，也完全無法預測。在我們之間，事情其實還是很不清楚，感情的事有時是非常奇怪。」「這似乎與一般男生與女生的愛情不太一樣，是種親密與溫暖的感覺，我隱隱約約可以感受妳的無奈和對過去記憶的無法忘懷。」

「我是很關心妳的，只是不知如何表達，才能讓妳理解。」

「靜，我們該回去了，還有圖還沒畫完，時間已經不早了。」芸催促著。

她們離開系館。騎車回到靜的宿舍。

靜走到 CD Player 去換了一張 CD：George Winston 的鋼琴獨奏，琴鍵的輕敲打聲，在這夏天夜晚帶來一絲的清脆。

芸在牆邊找到合尺寸的紙板，開始貼著靜在橋上拍的「霧中實驗」照片。

芸開始寫著：

「50% 的霧，清晨四點半，和一艘停在橋邊的白色漁船。」

「75% 的霧，下雨天，淡水河的出口，和因天氣太冷而握不穩的 Nikomat 相機。」

「80% 的霧，下午五點三十五分，天氣陰陰的，有些灰灰的雲從天空四十五度旁飄過。」

第8章

觀音石

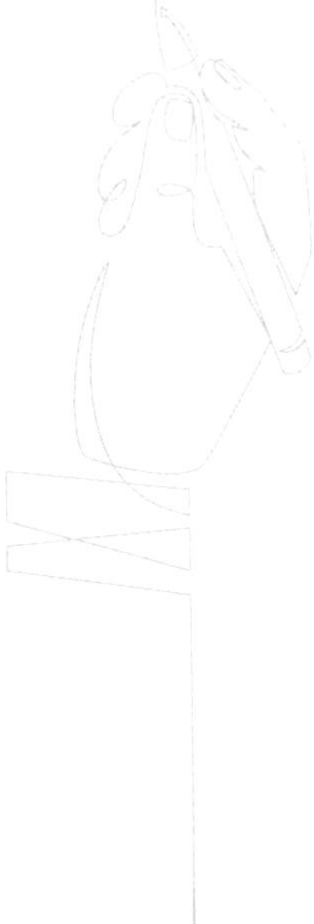

靜和芸從觀音山腳沿著一條小溪流走，陽光從樹葉縫中撒下來，閃爍的陰影似乎在引導她們走向哪裡。從一個小小的山縫走進去，發現裡面是個小水池，再走下去，有一條大的水流出現在眼前。

「是河底暗流！真是不可思議。」芸驚訝的說。

進去裡面，她們看到一個大洞穴，像是船塢，裡面有一艘正在興建的船和一群忙碌的學生。

靜打開圖說：

「這艘船有四層，兩層在水面上，兩層在水面下。水上的空間的下層是『生活空間』，上層是『工作空間』；水下的空間也有兩層，水下第一層我稱之為『記憶的空間』，最底層是『夢的空間』。」

靜接著跟芸解釋，「水上層的作法從柯比意的浮動居所（floating

habitats）得到部分靈感。柯比意的設計是一個可在水上移動的旅館。這旅館的設計成為他後來 Villa Savory 以及「建築五點」的基礎，而我的設計是五根柱子四個跨距（Bay）的方形平面設計。」

「但是你為什麼沒有在設計中設置一個斜坡呢？這在 Villa Savory 是很重要的設計元素，是 Promenade（漫遊）的概念呢！」芸問著。

靜解釋因為甲板不夠大，無法放太長的斜坡，所以把原來預想的斜坡改成水平和垂直的管道間。她可以用這水平和垂直的管道來爬上爬下，也可將水面上的生活跟工作空間和水面下的記憶空間跟夢的空間連接。

芸正在看 Aldo Rossi 水上劇場的巡迴公演地圖。他設計的劇場是一條船，是可停在河流的幾個據點作巡迴演出的船。

芸笑笑問著靜，「我們的旅程也有停泊的地方嗎？」

靜回答，「我還在想，現在並不確定。」

芸看了一下正在興建的船，問靜這些同學正在組合的模板中，倒入的是什麼東西。

「這個叫做輕質混凝土。」

「芸，我參加的攝影社有些正在準備國際混凝土獨木舟比賽的同學，因為對我這設計有興趣，想說可以找他們一起來幫忙。」靜回答。

「船一般都是用木頭或鐵作的，但這艘船是用混凝土作的，可以浮得起來嗎？」芸有些懷疑。

如何浮起來可能是一個問題，但如何讓這船航行呢？芸的眼神透露出另一個問題。

「靜，我們該不會是要用手划船吧？」

「到時一定有辦法讓船動起來的。」靜輕鬆的說。

「這是一定要的。」靜和芸相視而笑。

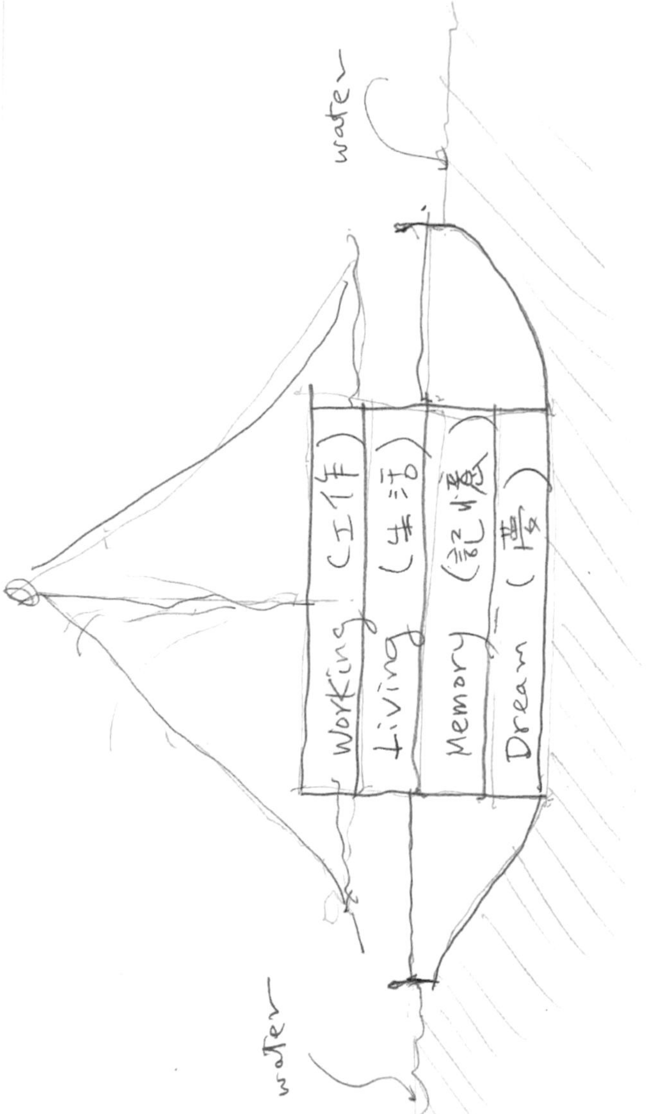
water
Working (工作)
Living (生活)
Memory (記憶)
Dream (夢)
water

第9章

河流探險（一）

出發了！

六月十六日，天氣晴，沒有雲。今天是一個適合出遊的日子。

芸拿出潮汐表跟靜說，今天下午兩點半是滿潮。

船開始慢慢的移動。

芸接著說：「靜，淡水河是有感潮的。」

「什麼是感潮？」靜不解的問。

芸跟靜解釋，有次她看一個報導，談到淡水河的水流跟一般的河流是不一樣的。

「感潮為河川中流量與水位受到潮汐之影響，而全潮流量觀測指的是感潮河段內進行一個完整潮汐日的連續流量測量之全部作業。」

「芸，我們出遊還要做實驗嗎？」靜不解的問。

芸酷酷的回答，「既然要出來玩，我們就可以做點事。」

「芸，這聽來不錯，但是我們如何做呢？」

「實驗的方法是有一艘船在河流上測量，一組人負責施測兩處子斷面之水深方向流速，每處子斷面之測量時間不應過長。施測時採用兩點法，施測步驟為先測量該測點當時之水深並進行換算得到0.2與0.8之水深，接著測量0.2水深與0.8水深之流速後，再複測0.2水深流速一次。每一點觀測時間應超過四十秒，並記錄響數，順流為正、逆流為負，並每十五分鐘觀測水位一次，讀數至公分。」

芸不知道在哪裡找到的資料，聽起來滿複雜的。靜拿起石頭來觀察一下紋路，上面有畫幾個幾何圖形：一個是三角形跟圓形的組合，另外一個是一個「之」字型，圖形上有幾個點彼此連結。

靜正猶豫，這旅程要如何開始呢？

「靜，我們選「之」字型這個圖形好了。就先從淡水碼頭開始，再去八里和漁人碼頭，最後再看看這條河的終點在哪裡？」芸的回答看似非常篤定。

「這聽來不錯！或許我們就這樣子開始吧！」

芸花了一下午時間整理船，將她未來要進行的感潮實驗工具準備好，也買了筆記本。靜則負責到淡水老街採買一些食物。

＜夜遊＞

靜和芸慢慢的走著，夜晚起了薄薄的霧，看不出有多厚，依稀可看到前面一點點路。

遠遠的亮光，是燈塔嗎？這是一個上坡，雖然不陡，走起來仍是有點喘。

已經是半夜一點，前面是她們要找石頭的地方嗎？

芸從背包拿起一支手電筒，照著前面的樹叢。

「靜，這是『林投』，是有點故事的，妳要不要聽看看？或許它與妳之前跟我說的尋找第一顆石頭的隱喻有關？」

「芸，我不確定『林投』是否跟找第一顆石頭有關。我想的是『有很大聲響的地方』那個隱喻，淡水這地方可以發出很大聲音的地方，可能在我們前面，或許可以找到第一顆石頭。」靜回答。

芸繼續說著，「十月二日（農曆八月十四日中秋節前一天）清晨，法軍開始砲轟滬尾，發射一、兩千發砲彈。法軍原決定十月六日發動登陸戰，但因風浪過大而延期……十月八日，法軍在砲火支援掩護下，於沙崙海域發起搶灘登陸。但當法軍推進到茂密的黃槿叢林和長滿銳利荊刺的林投樹林時，開始遭受阻隔並吃盡苦頭，完全失去優勢……埋伏的清兵和義勇民兵又適時揮刀殺出，對法軍進行肉搏戰伏擊……在將士用命下，守軍熱血奮勇殺敵，使法軍陷入苦戰。」

「這就是『重返古戰場：清法戰爭在淡水』的故事。」

芸的確是個好學生，把這一段歷史背得如此清楚。但是靜不想打亂她的興致。

芸接著說：「法軍對於滬尾一帶的地理環境並不熟悉，所以一旦被清軍突襲，便一籌莫展。例如：『林投』與『黃槿』所形成的密林，可掩護清軍包抄法軍，讓他們就算有槍砲也難以發揮。」

「最後讓法軍輸得慘慘慘的是『林投』和『黃槿』。」芸好像對她的發現很得意。

「結果是打贏了，那就好。」靜淡淡的說。

前面好像有阿兵哥走過來。

「先躲起來！」

＜礮臺＞

「滬尾礮臺是中法戰爭後，為台灣第一任巡撫劉銘傳主導建造。建造目的主要是為了防衛淡水港，位置在淡水最高點。劉銘傳為防衛台灣海防，在光緒十二年（一八八六年）聘請德國技師巴恩士負責督造本礮臺，以西洋礮臺為建築範本……礮臺坐北朝南，為一隱蔽性的暗礮臺。形狀為矩形，由外而內有：

土坦、豪溝、子牆、礮座、被覆、甬道及廣場。」芸找出文獻，跟靜簡單說明礮臺的歷史。

穿過厚重的拱門，上有「北門鎖鑰」四個大字。彷如穿越時光隧道，回到百年前的歷史場景。此時靜腦海浮現的是義大利建築師 Aldo Rossi 的墓園設計。

「是因為一層一層的退縮嗎？」芸問著。

「不完全是，主要是從拱門看過去的視覺消點，好像是呈現 Rossi 墓園設計想法裡死亡、消失等問題。」靜回答。

往前走，四方形的礮臺堡壘就在眼前了。靜和芸進入的廣場，彷佛是幾個被壓扁的饅頭躺在地上所組成，一副提不起勁似的。圍繞在周邊的長廊，看來是阿兵哥住的地方。

她們躲在樹叢，看著阿兵哥走來走去。一些人好像在裝填砲，就像是要準備打仗。

「所以待會兒會砲聲隆隆嗎？」芸好像在等待這場景。

＜燈塔＞

靜跟芸談論淡水河附近的燈塔，靜緩緩訴說她的經驗：

「我下課後喜歡去河邊走走，一邊走，一邊想著遠處的淡水燈塔到底有什麼故事呢？今渡船頭旁設有『紅燈燈竿』，鼻頭街山崙設有『綠燈燈桿』，那麼『白燈燈竿』在那裡呢？後來我去找一下資料：西元一八八八年（光緒十四年）由中國海關總稅務司另建燈塔於油車口，為一座白色方形西式鐵塔，高十五・八公尺。一九二六年改用電燈，一九五一年改用閃光燈，每三秒一閃，光力四千支燭光。一九六九年配合需要，另於附近遷建方型鋼架新塔，位於淡水河口北岸沙崙，塔高三十二・七公尺。」

芸問，「歷史的記載是一種靜態的紀錄。但為何不同時期的燈是不同顏色，且分油燈、電燈、閃光燈、圓形、方形呢？從早期石頭砌的、到鐵塔、到目前的鐵製，這是建造技術的改變、照明方式的進步、還是有其他原因呢？」

靜回答，「我並不知道真正的原因是什麼？我的感受是白天的燈塔是高塔，可以看到它平靜的全貌。而晚上它在漆黑中，是一束會搖擺的燈束，照亮河口，展現它的存在。」

「我倒喜歡沿河岸散步吹風，從渡船口慢慢走到油車口，到目前的燈塔，在傍晚想像在不同時期燈塔的樣子，和眺望燈束不連續的交替。」

第10章

河流探險（二）

「芸，妳睡飽了嗎？已經中午了，我們該出發去八里了！」

靜想到昨天找石頭那段過程，心有餘悸。

「靜，妳怎麼知道那個石頭藏在古井旁邊？」芸問

「芸，其實我那時也沒有什麼想法，想說這整個旅程應該是與水有關；但昨天我們去的礮臺是在山上，那地方並沒有水啊？所以我也不是很確定。」

「靜，昨晚那過程很恐怖，裡面還有阿兵哥走來走去，我潛進去的時候差點被看到，真的好緊張喔。」

「還好有燈塔，我們等燈塔光柱轉向的時候偷偷趁黑溜進去，好險沒有被發現。」

「芸，妳的手電筒該換電池了吧！回來的時候差點看不到路，都不曉得怎

麼回到船上來。」靜有些責備的看著芸。

靜把第一塊石頭和他給她的石頭比對一下，看來花紋跟其中一部分有相似。

心想這可能就是她們在找的其中一塊。

靜回想他在夢裡講的話，「他說要找到三塊石頭，並且拼在一起。但他留下三個隱喻後就消失了。他說的第一個隱喻是『山上有很大聲響的地方』，昨晚去的礮臺，應該是對的。看來現在只能走一步算一步了。」

這是一個兩天的旅行，已經過了第一天。

芸看來有點睏，不過精神看起來還不錯。

靜把剛剛在老街買的魚酥跟鐵蛋分開放到廚房，靜先把芸最喜歡的酸梅湯給她。

芸把栓在碼頭的繩索解開，啟動引擎。

＜樹 vs. 馬戲團＞

到八里了。

芸把船停好，迎向靜和芸的是碼頭的市集。端午節後的週末，來這裡玩的人還是不少。

「『大樹』是第二個隱喻。八里沿著河岸是有很多樹，小吃攤也很多。從老街走進去有很多攤子，有炸魷魚，炸地瓜，燒酒螺等很多選擇。我們班上同學如果假日沒回家時，都會來這兒晃晃。」靜對芸說。

芸拿著「姊妹雙胞胎」坐在岸邊座位吃著。「姊妹雙胞胎」是一種類似小饅頭的當地小吃。

「靜，妳要不要吃一下？」芸問著。

「放鬆一下嘛，妳一口，我一口。」芸撕一小塊給靜。

「如果不是為了『出任務』，不然聽著浪潮聲，欣賞緩慢波動的淡水河，倒是有種慢活的感覺。」芸笑著說。

八里沿河邊有不少公園，一個連著一個。靜和芸常在週末下午到八里渡船頭老街先吃點東西，然後騎腳踏車沿著河濱晃晃。

「這次是往南或往北呢？」這是她們每次開始騎車前的例行對話。

「靜，這次往南好了。往北方向的八里左岸公園，我們已去過好幾次。」

往南來到了米倉公園區，這段河濱步道很好騎。沿岸有棕櫚樹群，海風陣陣吹來，是個非常悠閒的夏天下午。

沿路她們看到大樹就停一下，看看樹下的石頭就比對一下，試了很多次都沒結果。

芸提議折返回到渡船頭。

「是樹種的問題嗎？」「八里還有什麼樹呢？」靜問。

「榕樹，渡船頭北邊有很多。」

「往北好了。」

她們回到渡船頭，先還車，然後往北走，不久就到「榕樹碉堡」。「榕樹碉堡」顧名思義是一片榕樹林，樹下聚集一堆小吃攤。

芸買了烤魚，問靜要吃什麼。

「烤扇貝好了。」雖然靜沒什麼興致吃。但她在想，或許在榕樹下可以找到第二顆石頭？

她們開始在樹下找石頭，不一會兒，就滿身大汗。

「還是找不到，怎麼辦？」芸著急的看著靜。

看來在樹下找石頭，如同大海撈針。

遠處看到有一位婦人帶著一個小女孩，小女孩拿個氣球，正在看著扯鈴的街頭表演。

「媽，我想要吃冰淇淋。」「妳剛玩完沙，手又還沒洗乾淨？」婦人彎下腰看看小孩的手，語帶責備。

「我洗完手就可以玩摩天輪、吃冰淇淋嗎？」小女孩問。

芸帶著一支冰淇淋走過去。

「小妹妹，姐姐先帶妳先去洗手，回來再帶妳去玩摩天輪、吃冰淇淋，好不好？」

「媽咪，可以嗎？」小女孩詢問的眼神像是懇求。

婦人跟芸說聲謝謝。

芸跟小女孩離開後，靜開始跟小女孩的媽閒聊，這婦人是一位考古學家，在大學教書。因為她的研究題目跟八里有關，所以來這一趟，順便帶小孩來走走。

「姐姐，妳可以幫我保管氣球嗎？我要跟這位姐姐去洗手手。」「沒問題，快去快回喔。洗完就可以去搭摩天輪、吃冰淇淋。」

靜跟小女孩比個「ok」的手勢。

芸先帶著小女孩去洗手，然後一起去搭摩天輪，遠遠可以看到她們在摩天輪上有說有笑，兩個人在吃冰淇淋的樣子很可愛，可能是有緣吧。天空好藍，水很綠，加上摩天輪，一個會旋轉的大圓，整個天際線是熱鬧的。

當靜跟小孩的媽媽在聊有關八里的研究計畫時，一隻海鳥突然飛過來。

「我的氣球飛跑了！」小女孩在摩天輪跟靜揮手大叫。

「靜，氣球在那邊！」芸指著海鳥停的地方，是渡船口旁的榕樹。

芸嚷嚷說要爬樹拿回氣球。樹雖看來不太高，但還是得小心。

靜跟芸使一個臉色，意思是，「妳沒問題的，加油！」

小女孩在樹下等著。

芸拿到氣球了，氣球卡在樹枝中。旁邊有一個鳥巢，原來海鳥是要飛回牠的巢，裡面有顆蛋。

蛋放的位置有點偏，芸把蛋位置調好，免得蛋不小心掉下來。

「靜，你猜我找到什麼？」

芸先把氣球交給小女孩，小孩的媽道謝。「我們會再見面嗎？」小女孩問。

「會的。」芸和女孩勾勾手。

芸把一塊石頭放在靜手中。

「在蛋旁邊找到的。」

「看來是第二塊。」靜仔細瞧瞧比對後確認。

「真是不可思議！」芸回答。

第11章

河流探險（三）

離開八里，她們繼續往漁人碼頭前進。

靜看著手上的第二塊石頭，心裡在想，如何去找第三塊呢？

她再度走到船的水下第一層：「記憶的空間」。先把之前找到的兩塊拼在一起，再打開盒子和他給的石頭比對一下，就缺最後一塊了。

靜想起他說的第三個隱喻：「有一條橋的地方」。但漁人碼頭沒有橋啊！

這時芸從甲板走下來，跟靜說外面已經開始下雨了。

靜心裡想著：「這一兩天真是辛苦了芸，芸進行的感潮實驗，每天要拿測量尺來量水的深度和水流的速度，非常費時。這是一個需要二十四小時都要待在船上的作業。」

因為要上岸找石頭，她們耽擱了一些時間。不知道這樣會不會影響實驗的準確度。

芸怕靜無聊，還帶了她自己彈鋼琴的錄音帶。她說除了聽海風跟馬達聲，也可以聽聽她的音樂。

「靜，我想幫這艘船命名。」芸的眼神像是要求，「就叫『出雲號』如何？」芸接著說

「聽來不錯，好像船會飛起來穿越雲層的感覺。」靜點頭笑著。

距離六月十八日只剩下一天了。

靜跟芸要在那天日落之前趕到那個地方，才可找到這個謎的答案。

天越來越黑，雨不斷的打在甲板上，滴滴答答作響。

靜想著風雨這麼大，這樣子開船是不是足夠安全？畢竟這是一艘由學生作

的實驗船，又是首次出航。

「快要沒有油了！」芸急切的說。

「只剩下幾格。」芸指著油表。

「糟糕！這樣如何到得了碼頭呢？」靜問

「應該撐得到吧！只要我們不迷航的話。」

天越來越暗，雨也越下越大，並沒有要停止的意思。

霧一陣一陣的吹來，都快要看不到對岸了。

靜心想擔心無用，就讓芸去想辦法好了，自己來作一下午餐。

拿著在八里魚市場買的蛤蠣還有九層塔，靜走到水上第二層的工作空間，把隨身用的瓦斯爐打開，加點油，開始拌炒著。

一陣浪打來，船搖晃得很厲害。

靜透過窗，看著芸一副專注的掌舵。前面仍是一片霧濛濛的。她拿起相機把快門調快一點，把光圈開到最大，拍了幾張。

蛤蜊煮好了，靜端下去給芸，餵她幾口。

靜心想：「當這三塊石頭真的合在一起的時候，下一步將會是什麼？日落的出海口……需要有哪個步驟，他才會出現呢？」

靜看了一份前些日子一個朋友傳過來的報告，內容談到在很久之前八里跟林口地質紋理的相異性。雖然她並不知道這報告中的發現，跟這個事件有何關聯。

雨越下越大了，靜趕緊拿雨衣上去給芸，放一塊之前在淡水老街買的魚酥在芸口袋裡面，讓她在掌舵的空檔時可拿來充飢。

〈夜航〉

因為芸的感潮實驗要測量全天河流的深度和速度，所以一部分必須在晚上操作。

芸把船燈打開，小小的船燈在整個黑暗的河流感覺有些渺小，帶有一絲絲的落寞。

她們可以看到淡水河一邊的大樓，遠處有燈光閃爍著。另一邊是觀音山的樹，像是戴上綠色帽子，是一片黑漆漆的綠。

夜間的淡水河上有幾艘停泊的小船，開著小小的燈，好像是會待整晚的意思。它是用燈在等魚來嗎？

看著漁火，感覺自己像是置身在一個不知名的地方流浪。

這是她們第一次在晚上開船，在船上煮飯也是一次奇妙的經驗。

「來作一下晚餐。」靜跟自己說。

把在八里老街買的豬肉拿出來，作了一道烤豬肉。冰箱有泡菜，烤肉烤好了加點泡菜，看來就可以當晚餐了。芸說晚餐一定要有湯才可以，加上清燉蘿蔔湯應該就足夠了吧。

＜透視圖＞

早上起來，靜到「工作空間」找色鉛筆，心想應該把目前的感覺畫下來。

先畫天空跟河好了。天空就用藍色，而水則是綠的。

船是白的好吧。加個天窗，讓光線可以撒進來，也上點光影。

「有暴風雨嗎？」芸開頑笑問著。

「加一點暴雨要來的感覺？」靜想一想，加了幾筆灰色。

「要有閃電嗎？」芸加一句。

「不要鬧了，我要專心畫圖，妳趕快回到駕駛座！」

＜看石頭＞

靜再回到「記憶的空間」。拿起木箱的兩塊石頭，仔細比對一下他當初離開時給她的那塊。紋路是吻合的，但想到只要再拿到一塊、完成拼圖後，就有機會看到他，心中有些緊張和忐忑不安。

下午兩點，靜和芸終於來到漁人碼頭了。油也用完了最後一格。

「他的第三個隱喻是要找有橋的地方，漁人碼頭並沒有橋，只是一個有小碼頭的漁村。解謎要如何開始呢？油已用盡，如果順利找到第三個石頭，如何開船到出海口呢？真是充滿種種的不確定。」靜問著自己。

芸看來滿鎮定。下船後直說要吃東西，靜帶著芸趕緊到碼頭邊喝個魚丸湯。

距離六月十八日下午五點半，只剩下三小時。

＜遇見老婆婆＞

芸提議去沙灘走走。

這個緊要關頭，還有閒情逸致？

「去沙灘撿石頭？」靜問。

「雖然我們前兩塊石頭都在『不太可能會出現石頭』的地方找到，或許最後一塊會在『比較正常』的地方找到？」芸說。

靜無奈的同意。她們沿著河堤慢慢走，空氣倒是滿舒服悠閒的。找石頭的焦慮，暫時得到緩解。

但天空的烏雲像是告訴她們，不久後會有一場暴風雨。

沙灘上沒什麼遊客。靜跟芸撿起幾塊石頭，比對一下都不對。風倒是越來越大。

遠遠的看到一位老婆婆彎腰拿個夾子，好像正在撿沙灘上的漂流物。

一陣強風吹來，老婆婆站不穩、好像要跌倒了。芸急忙跑過去把她扶住。

「您還好嗎？」「不打緊，謝謝。」

婆婆問她們為什麼在這裡。靜簡單的說明找石頭的過程，和找最後一塊遇到的問題。

「這碼頭並沒有妳們所說的『橋』，但可能未來會有吧！」老婆婆說。

「婆婆，其實我也不清楚為何要堅持去解出這個謎。只是冥冥之中有一股力量讓我前進，雖然不知道那是什麼？」靜說著。

靜看著海浪，一波一波的湧上岸邊。冷冷的風，快下大雨的氣氛有些凝重。

「有些事要堅持，但不見得會有你想要的答案或你期待的結果，妳有耐心嗎？」婆婆看著靜。

婆婆彎腰伸手去她收集漂流物的袋子裡掏著，慢慢拿起一個東西。

「是石頭！」靜和芸一陣驚呼。

比對一下，和其他兩塊合得剛好，應是要找的最後一塊。

和婆婆道謝後，她們開始啟程前往出海口。現在已經是下午四點半了，距離太陽下山只剩一小時。

回到船上的路上，靜想著老婆婆剛才說的話。

「或許未來這裡會有橋吧？」

第12章

出海口

油用完了，芸把方案B拿出來，把船帆升起來。雨越來越大，天色也越來越暗。她們正往河流出海口前進。

一個大浪打過來，船一陣搖晃，她們只好緊抓著甲板欄杆。靜看著芸，心想真難為她了，不該把她捲入這事件的，另一方面也佩服她的勇氣。不管這河流探險有無結果，都要謝謝芸的陪伴和鼓勵。

靜拿起筆來，想完成那透視圖；但筆拿不穩，畫一條筆直的線有些困難。她只好用色鉛筆先將天空部分塗滿，再畫一下天井和管道間，最後用一條線來連結天空和海面的邊界。

靜一邊畫著，一邊再次問自己，「為何要連結兩件事需要有理性的原因呢？」

「對於相信一定會在二十歲再見到他，也等了不短的時間。但他為什麼不說清楚，就消失了？也不知道自己是堅持什麼？或許也沒什麼理由。」

「小時候的記憶、回憶，為何會放在心裡那麼久？是一個個場景、一片片的記憶圍繞著我，讓我無法掙脫嗎？」靜回想著種種往事。

芸一邊翻著筆記，一邊調整帆的角度，逆風向出海口前進。

「靜，我們一定會到達出海口的。」芸很堅定的說。

「還要多久？距離五點半只剩半小時了。」

「不要往後看，我們只能往前去一探究竟，不是嗎？」芸一邊掌著帆，一邊看著靜。

＜走一步＞

「我這個實驗紀錄，希望可以派上用場。」芸說。

芸拿著一支長棒子放進水中，說要量水流的深度和速度，要補一下資料；但水實在太急、風很大，船一直搖晃，只好作罷。靜揮揮手告訴芸不要試，太危險了。

船終於穩住。她們往前航行，周遭越來越暗，風雨並沒有要停歇的樣子。靜獨自回到水下第一層「記憶空間」，打開木箱，拿起那已拼好的石頭，一步一步走到最下一層「夢的空間」。

她透過「夢的空間」底下的玻璃窗看著魚。魚兒們好像不知道水上發生什麼事，悠閒的游著。一絲絲光線透過玻璃滲透過來，稍微和緩周圍緊張的黑暗。靜看著魚，發呆許久後走回上一層「記憶空間」，把石頭放回箱子。

只剩十五分鐘，靜決定不再去算時間。答案應該在前面吧。

「抓緊，大浪來了。」芸提醒靜。海水一陣又一陣撲來。

這次浪很大，船進水了。可是靜和芸不想放棄，但一時也找不到如何止水的方法。靜趕緊到下面把東西收一收，把木箱裡的石頭拿起來看一下。

就在她們不知道該如何是好的情況下，一隻海鳥飛過來了。

芸說，「是我們在八里遇到的那隻！」

牠往前飛著，示意她們跟隨著牠。芸好像聽懂牠的意思。

芸把舵掌好，帆調整一下，往海鳥飛的方向前進。

水一點一點滲進船艙。海浪打在船身，轟轟作響。靜把石頭收好放回小木箱，帶著未完成的透視圖，來到甲板跟芸會合。靜看著前面的海水，想到這些年堅持會再一次見到他，此刻心情倒有點坦然。

期待的感覺和可能落空的感覺夾雜著。一切都要結束了，事情也會清楚了，不是嗎？靜問著自己。

眼看船就要沉了，她們都很著急。

「我們可以撐過去的。」

「會有出口的。」芸用很有自信的眼神看著靜。

「靜，看到他之後，你們有什麼打算呢？」芸問著。

這個時候，芸為何能如此輕鬆的問這個問題？是什麼原因呢？靜有些疑惑。

芸讓船自然的前進，將帆和舵調整到一個角度。

水沒有停止進入船艙，已經進水一半以上了。水流也越來越急。

他們站在甲板上，望著遠處。

前面隱隱約約好像是一塊沙丘。

船順著水流往前，看來如果順著這方向，應可到達陸地了。靜跟芸面面相覷，心想得救了。

「水面和陸地之間有一深溝，船還沒到達地面前，就會掉下去了！」芸拿起筆記本，看一下感潮報告中的數據後說著。

「是懸崖！」船一直在下沉，也慢慢被推向那深溝。

剛浮現的希望一下子就快消失了，船已快被水流推到懸崖邊了。

「靜，我們要作個決定，跳船嗎？」看來目前已無別的選擇。是要離開的時候了，船已開始傾斜。

「芸，數到三，我們一起跳。」

她們往下跳，腦中一片空白。這就是故事的結局嗎？

她倆隱隱約約的好像踩到一點東西。往下看，一個像是輸送帶的長板，延伸到前面的沙洲。

芸踩一下，確定它是不是穩固。芸示意要往前衝，距離五點半只剩五分鐘了。

到沙洲了，是終點嗎？

雨停了。迎接她們的是夕陽，好大好紅的太陽。

芸忙著幫靜整整衣服、梳梳頭髮，並將靜的髮夾扣到正確的地方。

靜趕緊把木箱的石頭拿出來。

還好還在。

靜拿著石頭掩飾心中不安，看著眼前的夕陽。

她本想接受芸的建議：拿著石頭，心中想著他，默念。但最後的決定是什麼都不做，就等待吧。

靜心裡有些疑惑：

「想再看到他。這應該是堅持、或是命定嗎？我不知道。當他在我小時候願意爬上窗戶幫我把氣球拿下來給我，我對他不僅是謝謝，也不只是感動。但那是什麼呢？」

＜拋物線＞

「妳一定要把它丟出去嗎？」芸急切的說。

「妳真的想好了嗎？」「不後悔？」芸看著靜。

「想到和等到是不同的。」靜遲疑一會兒後回答。

遠方的太陽已沉入海面下。

……

芸搖醒靜。

「趕快起來畫圖，時間已經用完了！」

第13章

場景三：期末評圖

時間：一九九四年六月十八日星期六早上十點（期末評圖）

地點：階梯教室

在階梯教室中，學生正在忙著貼圖，投射燈打在圖面上，似乎讓平凡的圖面變得漂亮生動起來。

靜手捧著一疊圖，拿出一張去比一比木板上她被分配的空間，試了試，決定了平、立、剖面貼圖的順序，用圖釘固定了其中一張圖的兩個角落，退後幾步，看看、調整一下圖釘，再試試圖面看起來是否水平。她把拼貼的圖片放在第一張，前進幾步，檢查她所拍的照片是不是貼在正確位置上。芸已將模型放好在圖前面的小木箱上。

台下的同學看起都有些疲倦，大概是昨天熬夜，坐在椅子上眼睛微瞇，打起瞌睡來。

靜是排在開始的第二位，看著手寫的資料，芸坐在她的右後方。靜往後看一下芸，芸對她使個眼色：「不要緊張，妳會順利過關的。」

靜也回了一個眼色，揮揮手，露出今天早晨的第一個微笑。

靜：「霧氣的密度與空間序列的組合是一種線性的關係。霧的密度和在照片上的比例組成，與工作室的活動有類比的關係。我不知道這樣說是不是有些太分析性。例如，工作空間和生活空間有不同的活動，在夜間與白天的活動密度並不一樣，我從不同時間拍的照片去找出霧氣的濕度。它在照片中散布的範圍、和實際空間的活動密度的不同組合關係，作為設計中的幾個主題：空間序列、空間的大小與空間的形狀。

然後我寫了小小的劇本，是從我小時候在外婆家的經驗，是到河邊看霧的過程，加上設計一條船去旅行的想法。以上是我設計想法的幾個主要元素。」

靜一邊回想著她在橋上拍照的過程，一邊尋思如何解釋圖形中不同色塊的背後意義。說完後，她停頓一下，等著評圖老師的意見。

台下沈默了一分鐘。

「白色的線條，從左邊橫到右邊，從淺變粗，有什麼特殊用意嗎？」

靜回答，「在 program 上，它是我『記憶空間』的邊界。」

芸對靜眨眨眼，要她再說清楚一些。

「它是具體的東西嗎？我在妳圖面上沒有看到這部分。」評圖老師問著。

靜想了一下，走到剖面圖前，指著二條距離二公尺的垂直線，從水面下到船艙接到水上一層的生活空間，然後接水上頂層的工作空間，最後接到船頂的天井，是個「之」字形的管道。

「是管道間嗎？」

「喔，是可稱為『管道空間』吧，但有別的功能。這空間有爬梯，每隔二公尺有一個平台，所以我可以爬進爬出，接到工作空間和生活空間。」

靜接著展示一張透視圖，是一張可以看到陽光從天空撒下來的空間示意圖。因為有光線的反射，有些部分是灰色的，有些是完全的照亮。

這像是一種長途的馬拉松競賽，不知道該講多少才可以結束，也不知道評圖老師何時才會結束評論。

靜拿起比例一比五〇的「夢的空間」，是一個剖面模型，是這設計的核心。

「夢的空間」跟其他空間的關係，是非線性的連結。

她接著解釋每個空間的材料：管道的空間是由鐵組合，「生活空間」基本上是木頭構造，「工作空間」有玻璃格子狀的地板和鐵製的隔間，與「記憶空間」分開。

靜覺得有些累，發現越解釋越好像是進入一個圈圈，轉不出來。

芸使個眼色，要她該停止了，因為台下並沒有太多正面的反應，老師們交頭接耳，竊竊私語。她的指導老師上台，大概解釋她的創作過程，謝謝她做了一個精緻的模型。靜無精打采的走下來，評圖老師們移到下一個同學的圖面。

……

時間：一九九四年六月十八日星期六下午五點半

地點：淡水海邊（期末評完圖的下午）

天晴，白雲像是細細的排骨排在藍色的布幕上。海水一波波衝擊著岸礁，像是追逐遊戲一般。前面一排海水像是戴著白色帽子的綠騎士，拚命的往前衝，直到不支倒地被後面的一排追兵趕上，然後被吞噬。這樣的週而復始，好像一點也不累似的。

白色碎花般的泡沫，像是粉彩筆不均勻的塗在黝黑的棉紙，不一會兒就被吸乾。遠處的告示牌寫著：「水深危險，請勿游泳」。

靜穿著碎花布鞋、米黃色短褲、紮著小馬尾，和芸走在沙灘上。芸則是一身深灰色打扮，深灰色的棉質長褲搭著淺灰有格的襯衫，下襬打了一個十字結；她頭髮削得很短，打了幾個層次，瀏海因為風吹得厲害而顯得有些不整齊。

不遠處有一群海鳥，在大約離海面五十公尺高的地方，一齊舞動翅膀，動作整齊劃一，稍作停頓，像是電影的停格。

芸：「妳還好嗎？臉色看起來有些蒼白。」

靜：「只是沒睡飽。」「妳為什麼想來這兒？」

芸：「只是想透透氣，學期剛結束，暑假就要開始了。」

芸隨手撿起一截樹枝，大約半人高，用手握住其中一端，一邊拖著行走。太陽的光暈灑在遠方的水面，像是在綠色的畫布上撒著白色的沙粒。靠近太陽的地方較密，漸遠漸疏。

遠處，一位婦人帶著小女孩在海灘散步。小女孩直嚷著說她發現螃蟹，蹲在沙灘上的沙堆前不肯走，直到婦人來催促才緩緩移動。

這是一個有些吵雜的下午海灘。大家似乎都在尋找些什麼？吹風、看夕陽、或是散步？

一隻黃白交雜的小狗尾隨著她們，時而接近，嗅嗅她們的褲腳，或是發現了什麼，跑掉一下下，不一會了又跑了回來。零散的腳印弄亂了芸和靜整齊的足跡。

靜：「我想一個人背著背包去旅行，到一個我沒有去過的地方。」靜指著遠方，接著說：「妳有沒有發現，水面綠色和藍色的交接處正在緩慢的移動？」

芸：「聽起來有些神祕，妳想要到哪裡去？」芸換另一隻手拿著樹枝，發現手指有些樹枝綠綠的痕跡。

靜：「或許買一張火車票到東海岸，想下車就下車，看看風景，吹吹風，看看東岸的海水和西岸的海水有什麼不同，妳呢？」海浪沖擊的隆隆聲使她們的對話有些不清楚。

芸：「我想到南部找姐姐，或許暑假可以到她和姐夫剛開的事務所打打工。」

她們不知不覺走了大約一、二公里，旁邊吵雜的人聲已經逐漸消失，唯一不變的是海浪拍擊著岩礁的聲音、和一直把她們頭髮吹亂的海風。

樹枝在她們身後拖曳出不規則的痕跡，已被海水洗掉，像是小孩第一次用橡皮擦，沒有完全擦乾淨。

芸整理一下頭髮接著說：「我在想昨天我們的對話，似乎人和人之間有一種連結方式是不可預測的，但是卻有一種親密而溫暖的感覺在裡面。」

靜（笑著回答）：「聽起來好像是村上春樹小說中人物之間的對話。」

芸說：「或許可以說，在某種時空中，人的內心某一部分會和另一個人產生共振，所以在當時是相通的。但是這種情感並不完全是非常理性的，它也會淡化、轉變、或者是調整。不知道這是不是叫『成長』呢？」

太陽的紅色光暈已經把整個海面染成一片通紅。海浪聲也逐漸平靜，像是有些疲倦了。芸和靜的臉龐在紅色陽光的映照下，紅通通的。她們的髮梢因為陽光的照射顯得有些透明、晶瑩。

遠方一艘白色的船慢慢駛近，馬達聲「噠噠」作響。

靜：「或許如果我們有時間，可以一起去搭搭船。」

芸：「去哪裡呢？」

靜：「遠離岸邊，到可以看到整個海岸的地方，像是停在藍色天空和綠色海水交接的地方。」

芸和靜拎著布鞋，光著腳，沿著原來的路回去。一陣不小的海浪衝過來，芸來不及往上跳，海水浸濕了一半的褲腳。

芸：「下次應該穿短褲來。」

靜（笑）：「我一定會提醒妳的！」

兩人相視而笑。太陽已經沉入海面，最遠處的海水呈現一種深深的綠。靜和芸兩人望著天空和海水的交界處。

芸：「我很想做一件事。」

靜：「我也是呢！」

芸和靜：「吃酸菜白肉火鍋！」她們互相望著對方，一字一字清楚的吐出來。

芸：「或許，我們可以趕上下一班往台北的火車呢！」

第14章

火鍋好吃嗎？

「妳們真的有去吃酸菜白肉鍋？」我在鋼琴酒吧問她的第一個問題。

「有啊！搭火車到台北車站時已經六點半，趕快攔第一部計程車，才在七點左右趕到。」

「火鍋好吃嗎？」

「我們那時肚子好餓、好累，吃得很飽足呢！」

「妳哪時收到我最近寫的那部分？」

「三天前，我剛從一個旅行中回來，是我房東幫我代收的。謝謝你。」

我大概解釋我的出發點是用兩天的故事去鋪陳，用倒述和回憶去結合現實的情境。

芸默不作聲。

幾天後，我接到芸的電話。

「我收到她的信了，她信中附了一張圖，是她那時候評圖的透視圖呢！」

「哇！這倒要說來聽聽。」

芸在電話那邊顯得很高興，急切的說出她收到朋友信時的心情。我在電話這邊想著一些事，到底人和人之間的聯繫是怎麼樣的情況呢？

「所以妳要去找妳的朋友嗎？」

「我想是的，我在去紐約上班之前還有一些空檔，我正在查機票。對了，忘了告訴你一件事。」

「請講。」

「我找到工作了，工作內容聽起來不錯，那邊的人看起來滿 nice 的，我想麻煩你一件事。」

「是寫劇本的事嗎？」

她笑笑説，「當然不是。下星期六是我在這家店上班的最後一天，你有空嗎？我想請你來，我可以特地為你彈一首曲子。」

我含糊的點頭。

「你呢？你的下一步是什麼？」

「繼續在公司畫圖啊！完成這個劇本。」我簡單的回答。

「妳可以回來告訴我妳和她的新故事，或是妳自己本身的故事喔！對了，我可以現在先告訴妳我下次來要點的歌。」

「蕭邦的前奏曲，對不對？」她笑著問。

「第三號前奏曲。」我篤定的回答。

後記

霧、水、記憶風景

這本書是三部曲：康乃爾事件（Cornell Event）、削鉛筆（Sharpen a pencil）、反映（Reflection）中的第二部。

二〇〇二年是我人生很重要的一年，在前半年歷經過一連串的情感波折，我逐漸了解自己是處於應該去發現或是了解什麼的情況下。記錄是一種對於人生感覺的沈澱，而寫作是其中的一種形式。

《削鉛筆》不同於第一部《康乃爾事件》的個人性、和自傳性意味。它基本上是延續我想處理的一種議題：人和人之間如何了解彼此。這故事的情節與「現實」之間的關係是不被我界定的，事實上也不可能完全被清楚傳達。我們所認知的現實與故事情節並不是一種等同的關係，事實上，生活本身和故事的鋪陳也不是一種所謂的「反射」。這並不是一面鏡子，故事本身也不會百分之百映照著我們人生的細節。現實生活並不是一種連續的狀態，它常是不延續而片段。

《削鉛筆》寫的是一九九四年的故事。談論過去（The Past），是關於綠色、也是關於水（淡水河）的作品。構思的時間點和《康乃爾事件》接近，但第一份初稿是寫於《康乃爾事件》之前。

以形式而言，這部作品基本上是一種介於小說與劇本之間的東西。它並不是一種「準」小說或劇本，它是一種半成品，是沉澱的產物。

故事的最前和最後情節是二〇〇二年我在 Boston 的住家處完成，靜和芸評圖後看海的那一段，則是在南加州友人的海邊小屋中寫的。

「河流探險」的情節，是二〇二〇年有次淡水之旅後決定把搭船的經驗寫出來。當初設想的是靜的學校設計題目——浮動工作室，在「現實」上是一艘航行在淡水河上的船（一比一的模型），是靜和芸在河流探險中尋找和解開靜小時候和那小男生情感祕密的伙伴。

靜寫給關心她的大學男生的信，是在從 LA 回 Boston 的波音 747 班機上的構思。這種氛圍是屬於一種封閉、空氣不好且乾燥的空間，在小小的閱讀燈投射下的情境。雖然讓我覺得稍許的孤單，但在寫作的情緒下，有時也帶有一絲絲溫暖。

靜和關心她的大學男生的感情，雖不是一種占有的關係，但這只是一種男生對女生的關心嗎？而靜和芸的情誼是兩個女孩之間的情感呢？或是對彼此堅定的信心？

人和人之間的了解，一直是人生永遠必須面對的課題，在不同的時刻是有可能以不同形式出現的。

雖然我直到現在都還不清楚那是什麼。

感謝二〇〇二年在 Boston 工作的事務所同事和朋友，他們對於本書初稿的故事大綱及情節鋪陳提供了寶貴的評論：許正平、王懿瑾、薛芸、林芝薇、余嘉仁、Kate Chen、Dan Chen、鄭如珊、方俊凱、葉斯欣、李致名、陳昆豐、葉筱玫。

在台北的部分，感謝過程中好友和師長的鼓勵：吳永佳、林晏存、蕭秀琴、曹光洲建築師、謝英俊建築師、歐付寶董事長林一泓。

最後，對於後製過程中為本書出版發行辛勞的城邦出版集團團隊，在此也表達我最深的謝意。

郭宗倫　寫於台北　二〇二二年 夏天

削鉛筆

作　　者／郭宗倫
美 術 編 輯／申朗創意
責 任 編 輯／吳永佳
企畫選書人／賈俊國

總　編　輯／賈俊國
副 總 編 輯／蘇士尹
編　　　輯／高懿萩
行 銷 企 畫／張莉滎．蕭羽猜、黃欣

發　行　人／何飛鵬
法 律 顧 問／元禾法律事務所王子文律師
出　　　版／布克文化出版事業部
台北市中山區民生東路二段 141 號 8 樓
電話：(02)2500-7008 傳真：(02)2502-7676
Email：sbooker.service@cite.com.tw
發　　　行／英屬蓋曼群島商家庭傳媒股份有限公司城邦分公司
台北市中山區民生東路二段 141 號 2 樓
書虫客服服務專線：(02)2500-7718；2500-7719
24 小時傳真專線：(02)2500-1990；2500-1991
劃撥帳號：19863813；戶名：書虫股份有限公司
讀者服務信箱：service@readingclub.com.tw
香港發行所／城邦（香港）出版集團有限公司
香港灣仔駱克道 193 號東超商業中心 1 樓
電話：+852-2508-6231　傳真：+852-2578-9337
Email：hkcite@biznetvigator.com
馬新發行所／城邦（馬新）出版集團 Cité (M) Sdn. Bhd.
41, Jalan Radin Anum, Bandar Baru Sri Petaling,
57000 Kuala Lumpur, Malaysia
電話：+603- 9057-8822　傳真：+603- 9057-6622
Email：cite@cite.com.my
印　　　刷／韋懋實業有限公司
初　　　版／2022 年 7 月
定　　　價／320 元
I S B N／978-626-7126-51-6
E I S B N／978-626-7126-49-3（EPUB）

城邦讀書花園
www.cite.com.tw
布克文化
WWW.SBOOKER.COM.TW